Thomas Anhut

# Das Geschenk der Ewigkeit
Der Beginn der Seelenreise

Thomas Anhut

# Das Geschenk der Ewigkeit

Der Beginn der Seelenreise

Seelenreise I

Für Alexandra,
meine geliebte Ehefrau
und Seelenverwandte

Bibliografische Information der Deutschen Nationalbibliothek:
Die Deutsche Nationalbibliothek verzeichnet diese Publikation in der
Deutschen Nationalbibliografie; detaillierte bibliografische Daten sind
im Internet über http://dnb.dnb.de abrufbar.

Die automatisierte Analyse des Werkes, um daraus Informationen
insbesondere über Muster, Trends und Korrelationen gemäß
§ 44b UrhG („Text und Data Mining") zu gewinnen, ist untersagt.

© 2025 Thomas Anhut

Lektorat: Nathalie Leo, Konstanz
Unterstützung: Carola Wilbert, studi-lektor.de, Hamburg

Titelbild: KI-generiert mit leonardo.ai
Anch: https://commons.wikimedia.org/w/index.php?curid=15411817
(gemeinfrei)
Schriftart: Crimson Pro

Verlag: BoD · Books on Demand GmbH,
In de Tarpen 42, 22848 Norderstedt, bod@bod.de

Druck: Libri Plureos GmbH,
Friedensallee 273, 22763 Hamburg

ISBN: 978-3-7693-2374-0

# INHALTSVERZEICHNIS

# VORWORT

Die vorliegende Erzählung ist eine fiktive Geschichte. Während einige der handelnden Personen historisch belegt sind, wurden die Ereignisse und der Großteil der Charaktere frei gestaltet. Um der Darstellung dennoch größtmögliche Authentizität zu verleihen, wurden altägyptische Ausdrücke verwendet, soweit sie überliefert und verfügbar waren. Eine Ausnahme bildet das Wort Pharao, das aus Gründen der Bekanntheit verwendet wurde, obwohl dieser Titel erst mehrere hundert Jahre nach der in der Geschichte beschriebenen Zeit gebräuchlich war. Ursprünglich bezeichnete *Per aa* mit der Bedeutung „Großes Haus" den König. Im Laufe der Zeit entstand daraus das Wort Pharao. Ebenso wurde der Name der Göttin Isis verwendet, die im Ägyptischen als *Aset* oder *Eset* bekannt war.

# BEGRIFFSVERZEICHNIS

**Anch.** Symbol des Lebens, auch als „Lebensschleife" bekannt. Das Anch ist eines der bekanntesten Symbole des alten Ägyptens. Es stellt das ewige Leben dar und wurde häufig von Göttern, insbesondere von Isis, in Darstellungen getragen. Es symbolisiert Unsterblichkeit, göttlichen Schutz und die Verbindung zwischen dem Diesseits und dem Jenseits.

https://de.wikipedia.org/wiki/Anch

**Chepesch.** Sichelförmiges Schwert. Das Chepesch war eine gebogene Waffe, die sowohl im Kampf als auch in rituellen Handlungen verwendet wurde. Er war ein Zeichen der Macht und wurde oft Göttern oder Pharaonen zugeschrieben, um ihre Stärke und ihren Schutz zu betonen.

https://de.wikipedia.org/wiki/Chepesch

**Hemef.** Bedeutung: Seine Majestät, verwendet bei der direkten Ansprache des Pharaos.

**Imi-ra.** Aufseher oder Vorsteher. Ein Titel für mittlere bis hohe Staatsdiener, die für die Überwachung bestimmter Aufgaben zuständig waren, einem heutigen Abteilungs- oder Bereichsleiter oder sogar Minister vergleichbar. Sie beaufsichtigten z. B. den Palast des Pharaos, Bauprojekte, die Archive, Lagerhäuser oder Werkstätten. In der Staatsverwaltung gab es eine große Zahl von Staatsdienern, die neuzeitlich als Beamte bezeichnet werden. Dieser Begriff wurde im Text nicht verwendet. Stattdessen wurden die ägyptischen Bezeichnungen „Imi-ra …“ verwendet.

„Imi-ra“ bedeutet „der an der Spitze Stehende“ oder „Vorsteher der …“. Durch einen entsprechenden Nachsatz wurde die genaue Funktion erkennbar.

| | |
|---|---|
| … kat | … der Bauarbeiten (Ineni) |
| … mesha | … der Truppen (Antef) |
| … per aa | … des Großen Hauses (Nebamun) |
| … sesh | … der Schreiber (Ptah) |

https://de.wikipedia.org/wiki/Altägyptische_Beamten-_und_Funktionstitel

**Kalasiris.** Die Kalasiris war ein knöchellanges, oft eng anliegendes Kleidungsstück aus feinem Leinen. Es wurde sowohl von Männern als auch Frauen getragen und galt als Zeichen von Anstand und Eleganz. Besonders Priester und Mitglieder der Oberschicht trugen kunstvoll gearbeitete Varianten.

https://de.wikipedia.org/wiki/Kalasiris

**Maat.** Göttliches Prinzip der Ordnung. Die Maat verkörperte die ägyptische Vorstellung von kosmischer Ordnung, Gerechtigkeit und Wahrheit. Die Maat war sowohl eine Göttin als auch eine grundlegende Lehre, nach der Pharaonen regieren sollten. Sie stellte das Gleichgewicht zwischen Unordnung und Einigkeit dar.

https://de.wikipedia.org/wiki/Maat_(ägyptische_Mythologie)

**Pharao.** Bezeichnung für den ägyptischen König. Abgeleitet vom ägyptischen „per aa", das „Großes Haus" bedeutet. Die Bezeichnung Pharao wurde erst mehrere hundert Jahre nach dieser Geschichte zum offiziellen Titel.

https://de.wikipedia.org/wiki/Pharao

**Pschent.** Doppelkrone. Der Pschent war die kombinierte Krone von Ober- und Unterägypten und symbolisierte die Vereinigung der beiden Reiche. Sie bestand aus der weißen Krone von Oberägypten (im Süden) und der roten Krone von Unterägypten (im Norden). Der Pharao trug sie als Zeichen seiner absoluten Herrschaft.

https://de.wikipedia.org/wiki/Pschent

**Tjati.** Der Tjati war der ranghöchste Beamte des alten Ägyptens und stand direkt unter dem Pharao. Zu seinen umfassenden Aufgaben gehörten die Verwaltung des Reiches, die Rechtsprechung, die Erhebung von Steuern sowie die Aufsicht über alle anderen Beamten. In seiner Funktion lässt er sich am ehesten mit einem heutigen Premierminister vergleichen. In der modernen Ägyptologie wird der Tjati gelegentlich als „Wesir" bezeichnet, ein Begriff, der jedoch arabischen Ursprungs ist und daher nicht in eine altägyptische Geschichte passt.

https://de.wikipedia.org/wiki/Tjati

**Was.** Herrschaftszepter. Das Was-Zepter war ein langes Stabsymbol mit einer stilisierten Tierkopfspitze. Es stand für Macht, göttliche Autorität und die Kontrolle über Chaos und Ordnung. Es wurde oft in den Händen von Göttern oder Pharaonen dargestellt.

https://de.wikipedia.org/wiki/Was-Zepter

**Wedel.** Zeremonieller Fächer. Der Wedel, meist aus Palmwedeln oder Federn gefertigt, war ein zeremonieller Gegenstand, der bei königlichen Anlässen verwendet wurde. Er wurde von Dienern getragen, um den Pharao zu ehren, ihm Schatten zu spenden, Kühlung zu verschaffen oder Fliegen fernzuhalten. Symbolisch stand der Wedel für die Fürsorge und den Schutz, den der Pharao seinem Volk gewährte und repräsentierte den Pharao als Beschützer der Ordnung und als Mittler zwischen den Göttern und dem Volk.

https://de.wikipedia.org/wiki/Palmwedel

**Zikkurat.** Akkadische Bezeichnung, nichtägyptisch. In Mesopotamien ein monumentaler Stufentempel, der den Göttern geweiht war. Die Zikkurat bestand aus mehreren aufeinandergestapelten Terrassen und diente als heiliger Ort, der die Verbindung zwischen Himmel und Erde symbolisierte. Die oberste Plattform war oft ein Schrein, der nur von Priestern betreten werden durfte.

https://de.wikipedia.org/wiki/Zikkurat

# NAMENSVERZEICHNIS

In diesem Abschnitt sind alle Namen aufgeführt, die in der Geschichte vorkommen. Antef und Nefertari werden nur erwähnt, treten aber nicht auf.

**Amennachti.** Hauptmann einer Schar von Wachen im Palast des Pharaos, Untergebener von Nebamun. Bedeutung des Namens: Amun ist meine Stärke.

**Antef.** Vater von Neferet, Feldherr (Imi-ra mesha) des Pharaos, fiel im Kampf und tritt in der Geschichte nicht auf. Zur Zeit des Pharaos Mentuhotep II. gab es tatsächlich einen Feldherrn dieses Namens. Bedeutung des Namens: Der von seinem Vater gegebene.

https://de.wikipedia.org/wiki/Antef_(General)

**Dagi.** Oberster Beamter (Tjati) des Pharaos. Zur Zeit des Pharaos Mentuhotep II. gab es tatsächlich den obersten Beamten Dagi. Bedeutung des Namens: der Gütige oder der Edle. In der vorliegenden Geschichte hingegen tritt Dagi als unerbittlicher Ankläger auf.

https://de.wikipedia.org/wiki/Dagi_(Wesir)

**Hapu.** Arbeiter auf der Baustelle. Bedeutung des Namens: das Wasser oder der Zufriedene.

**Hor.** Anführer der Nomadengruppe. Bedeutung des Namens: der Ferne oder der Falke. Der Name leitet sich vom Gott Horus ab.

**Ineni.** Bauleitender Beamter (Imi-ra kat) beim Grabmal des Pharaos. Bedeutung des Namens: Er, der etwas bringt.

**Kha.** Zentrale Figur der Geschichte, Steinmetz und Arbeiter auf der Baustelle. Bedeutung des Namens: der Erschaffer.

**Mentuhotep.** Pharao. Mentuhotep II. herrschte von 2061 bis 2010 vor Christus und hatte mit 51 Jahren eine der längsten Herrschaftsdauern eines Pharaos. In der vorliegenden Geschichte steht Mentuhotep im vierzigsten Jahr seiner Herrschaft. Demnach spielt die Geschichte um das Jahr 2021 vor Christi Geburt. Bedeutung des Namens: Montu ist zufrieden. Montu war der Gott des Krieges.

https://de.wikipedia.org/wiki/Mentuhotep_II.

**Merit.** Dienerin im Palast des Pharaos. Bedeutung des Namens: die Geliebte.

**Nebamun.** Palastvorsteher (Imi-ra per aa), zuständig für die gesamte Verwaltung und Organisation des Palastes. Bedeutung des Namens: mein Herr ist Amun.

**Neferet.** Zentrale Figur der Geschichte, Hohepriesterin der Göttin Isis. Bedeutung des Namens: die Schöne, die Vollkommene.

**Nefertari.** Mutter von Neferet. Vormals Hohepriesterin der Isis, in der Geschichte nur namentlich erwähnt, da bereits verstorben. Bedeutung des Namens: die Schönste von allen.

**Ptah.** Vorsteher der Schreiber (Imi-ra sesh), Archivar. Bedeutung des Namens: der Bildner oder der Schöpfer. Ptah war der Gott der Handwerker.

**Sabu.** Mann in der Gruppe der Nomaden. Bedeutung des Namens: der Ruhmvolle oder der Weise.

**Seshat.** Katze von Neferet. Bedeutung des Namens: Göttin der Weisheit und des Schreibens.

**Sethek.** Arbeiter auf der Baustelle. Bedeutung des Namens: abgeleitet von Seth, dem Gott des Chaos und des Verderbens.

# PROLOG

In den Nebeln der Zeit erhob sich die Erste Stadt aus der Wildnis der Welt. Ihre Mauern aus poliertem Stein und Gold schimmerten wie eine Verheißung unter der glühenden Sonne.

In ihrer Mitte thronte der Tempel der Ewigkeit, ein Bauwerk, dessen Bau selbst den Göttern ein Opfer abgerungen hatte. Es war hier in dieser heiligen Stätte, dass aus längst vergangenen Zeiten zwei Anch mit unvorstellbarer Bedeutung entdeckt wurden.

Ein uralter Gelehrter mit einem Gesicht, das von den Falten der Weisheit gezeichnet war, erzählte die Geschichte, die innerhalb der Familien mündlich überliefert wurde. Er sprach mit leiser, aber eindringlicher Stimme zu einer versammelten Schar von Zuhörern. Sie lauschten andächtig, während die Schatten der Fackeln an den Wänden tanzten.

„Als der Tempel der Ewigkeit errichtet wurde, stießen die Priester der Stadt bei den tiefsten Grabungen auf zwei Anch von erhabener Schönheit.

Das erste Anch war aus tiefschwarzem Onyx und von einer mächtigen Beständigkeit erfüllt. Das zweite war aus schimmerndem Gold, das in einem Licht zu glühen schien, das nicht von dieser Welt war.

Die Priester erkannten sofort die Bedeutung dieser Funde. Sie brachten die Anch zur Heiligen Flamme, die in der Mitte des Tempels brannte und weihten sie den Göttern.

Doch die Anch waren nicht nur Gegenstände der Verehrung. In einer Nacht, die von Stürmen und Feuern erfüllt war, offenbarte sich der Wille der Götter. Die Heilige Flamme flackerte und loderte auf und aus ihrem Herzen trat ein Licht hervor, das heller war als die Sonne. Es war in dieser Stunde, dass die Götter ihre Entscheidung trafen.

Das steinerne Anch galt fortan als ein Sinnbild der Beständigkeit und des Schutzes. Seine vollkommene und glatte Oberfläche bannte Licht und Schatten gleichermaßen wie ein Spiegel der Welt selbst. Es stand für die unveränderliche Ordnung des Seins und trug die Kraft, allen Widrigkeiten mit unbeugsamem Willen zu trotzen. Verbunden mit der Erde und ihren unerschütterlichen Grundmauern stärkte es die Standhaftigkeit der Seele und das Gleichgewicht des Geistes. Von Vater zu Sohn weitergereicht, trug es das Vermächtnis, in Zeiten der Dunkelheit den Weg zu weisen.

Das goldene Anch, geschmiedet aus reinstem strahlendem Gold, erschien als ein Sinnbild der Verbindung zu den Himmlischen und der Erleuchtung des Geistes. Seine feinen Gravuren, gleich den Worten der Götter selbst und das sanfte innere Leuchten erinnerten an die Vollkommenheit des Ewigen. Es barg das Geheimnis des Lebens und wahrte das Gleichgewicht zwischen den sterblichen Seelen und den höheren Mächten. Das goldene Anch erhob den Geist, läuterte das Herz und erschloss die Pfade zu höheren Erkenntnissen. Von Mutter zu Tochter weitergegeben, trug es die Macht, Heilung und Einklang zu bringen, wo Unordnung und Zwietracht herrschten.

Gemeinsam standen das steinerne und das goldene Anch als Sinnbilder der ewigen Verbindung zwischen den Sterblichen und den Unsterblichen. Sie waren die Werkzeuge der Auserwählten, geschaffen, das Gleichgewicht der Welt zu wahren und die Bande der Seelen durch alle Zeiten hindurch zu sichern.

Doch die Götter wirkten mit höchster Weisheit und Fügung. Um die wahren Auserwählten zu kennzeichnen, segneten die Götter jene, deren Seelen mit den Anch verbunden waren, mit einem Mal in der Form eines Anch. Diese Zeichen trugen sie sichtbar am Hals – Male, die in der Nähe ihres Schicksalsgefährten zu glühen begannen, als würden die Götter selbst ihre Verbindung segnen.

Die Male symbolisierten die untrennbare Bindung der Träger an ihre Bestimmung und die Verantwortung, das Gleichgewicht der Welt zu bewahren. Sie dienten zugleich als Zeichen für die Auserwählten, sich in jeder Wiedergeburt zu erkennen, da die Male unverändert blieben, während ihre alten Körper starben und ihre Seelen in neuen Körpern wiedergeboren wurden.

Nach dem Untergang der Ersten Stadt gerieten beide Anch jedoch in Vergessenheit, verborgen in den Ruinen, bis sie Jahrhunderte später wiederentdeckt wurden."

Ein leises Murmeln ging durch die Reihen der Zuhörer, die von der Tiefe dieser Geschichte ergriffen waren. Der Gelehrte setzte sich langsam, als die Fackeln zu flackern begannen und die Dunkelheit sich wie ein Mantel um die

Versammlung legte. Und so lebte die Legende der Anch und der Male weiter, tief verwurzelt in den Herzen jener, die diese Geschichte bewahrten und weitertrugen.

# I

## ERBE UND BESTIMMUNG

Die erbarmungslose Sonne Ägyptens stand hoch über der Wüste und verlieh der Landschaft einen goldenen Schimmer. Die Errichtung des Totentempels für Pharao Mentuhotep schritt unter der sengenden Sonne der Wüste unaufhaltsam voran, ein monumentales Werk, das die Ewigkeit überdauern sollte.

Dichte Wolken aus Sand und Staub stiegen empor, als unermüdliche Hände die massiven Sandsteinblöcke bewegten, die bald das ewige Grab des Pharaos vollenden sollten.

Schweiß perlte über die Stirn von Kha, einem Steinmetz von 35 Jahren, dessen raue und schwielige Hände mit unglaublicher Sorgfalt und Hingabe die Konturen der Steine bearbeiteten. Sein Körper spannte sich unter der Last der Arbeit, doch er hielt inne, um einen Augenblick lang die erhabene Schönheit zu bewundern, die unter seinen Händen entstand.

Kha war in die einfache Kleidung der Arbeiter gehüllt – ein Schurz aus grobem Leinen, der ihm Bewegungsfreiheit bot und von der Hitze der Wüste nicht zu sehr beschwert wurde. Der Stoff war durch den Schweiß und den feinen Staub der Baustelle dunkel verfärbt, doch er trug ihn mit der Würde eines Mannes, der in seiner Arbeit Erfüllung fand.

Kha war ein erfahrener Steinmetz, dessen Begabung und Hingabe ihm große Anerkennung unter den Arbeitern einbrachten, die Tempel und Monumente von unvergänglicher Schönheit erschufen. Er war ein Mann von großer Statur, seine Schultern waren breit und kräftig, vom jahrelangen Heben und Tragen schwerer Steine geformt. Seine Haut war von der heißen Sonne Ägyptens tief gebräunt und seine Hände zeugten von der jahrelangen harten Arbeit.

Seine Augen, von einem warmen Braunton, strahlten eine stille Entschlossenheit aus. Sie hatten den Ausdruck eines Mannes, der das Leben in seiner ganzen Härte kannte, aber nie seinen Mut verlor. Kha hatte ein ruhiges, aber kraftvolles Wesen. Er sprach selten viele Worte, doch wenn er sprach, dann mit Bedacht und einer unerwarteten Tiefe, die andere in ihren Bann zog.

Kha wurde in einer kleinen Siedlung am Ufer des Nils geboren, weit entfernt von den Prachtbauten und Tempeln der Hauptstadt. Die Siedlung, in der er aufwuchs, war einfach und voller Leben. Er verbrachte seine Kindheit mit den anderen Kindern am Nil, lernte schwimmen, Feuer machen, fischen und klettern.

Sein Vater war Steinmetz, ebenso wie die Männer vor ihm. So lernte auch Kha von klein auf die harte, aber ehrbare Arbeit mit den Händen zu schätzen.

In einer stillen Nacht, als der Mond über dem Nil stand und sein silbernes Licht auf die Welt warf, saß der junge

Kha neben seinem Vater auf einem großen, flachen Steinblock. Sein Vater, ein Mann mit tiefen Furchen im Gesicht und starken, von harter Arbeit geformten Händen, hielt etwas in seiner Hand, das im Licht des Mondes schimmerte. Es war ein Anch, meisterhaft aus schwarzem Onyx geformt, mit glatter Oberfläche und einer Genauigkeit, die nur die geschicktesten Hände erschaffen konnten.

„Dies, mein Sohn", sagte sein Vater mit ruhiger, aber ernster Stimme, „ist mehr als ein Symbol. Es ist ein Erbe." Seine rauen Finger strichen über den kalten Stein und sein Blick war auf den jungen Kha gerichtet, voller Stolz und Wehmut zugleich.

„Niemand weiß genau, wie es in unsere Hände gelangte. Manche sagen, es wurde gefunden, andere glauben, es sei ein Geschenk gewesen. Doch eines ist sicher: Es hat unzählige Zeiten überdauert und wurde von Vater zu Sohn weitergegeben, wie ein stilles Versprechen, das niemals gebrochen wurde."

Er hielt das Anch in die Höhe, wo es vom Mondlicht angestrahlt wurde und legte es dann vorsichtig an einen einfachen Lederriemen. „Es steht für Leben und Wiedergeburt, für die Verbindung zwischen uns und den Göttern, zwischen uns und der Welt. Aber vor allem erinnert es daran, wer wir sind – und wo wir hingehören."

Mit einer feierlichen Geste legte er den Lederriemen um Khas Hals, ließ den kühlen Steinanhänger auf die Brust seines Sohnes sinken. „Trage es immer bei dir, Kha" sagte er, seine Stimme leise, aber voller Nachdruck. „Es wird dich leiten, wenn du verloren bist. Es wird dir Kraft geben, wenn die Last der Welt dich niederdrückt. Und es wird dich daran erinnern, dass du ein Teil von etwas Größerem bist – ein Teil, der nie vergessen werden darf."

Kha legte seine kleine Hand auf das Anch, spürte das glatte, schwere Onyx und die unsichtbare Bedeutung, die es trug. In diesem Augenblick, unter dem leuchtenden Mond und den schützenden Augen seines Vaters, schwor er sich, dieses Erbe zu ehren, gleich wohin sein Weg ihn führen würde.

Doch die Kindheit war kurz und bald übernahm er die Verantwortung, die seine Familie ihm auferlegte. Der Bau der Monumente war für seine Familie mehr als nur Arbeit – es war ein Dienst an der Geschichte, ein Erbe, das sich von Vater zu Sohn weitertrug. Schon als Junge war Kha fasziniert von den riesigen Steinen, die sein Vater mit unermüdlichem Geschick bearbeitete. Er liebte es, die Formen der Statuen entstehen zu sehen, die ihren Platz in den Tempeln und Gräbern der Mächtigen fanden. Seine Hände wurden rau, seine Arme stark und bald wurde er selbst zu einem geachteten Steinmetz.

Als junger Mann wurde er nach Theben gerufen, um beim Bau der Grabanlage des Pharaos zu arbeiten. Für Kha war dies eine Ehre, eine Gelegenheit, aus der Einfachheit seines Dorfes auszubrechen und ein Teil von etwas Größerem zu sein. Doch in seinem Herzen trug er immer den Geist seiner Siedlung, das Gefühl von Gemeinschaft und die Liebe zu seiner Familie.

Doch seit seiner frühesten Kindheit begleitete Kha stets ein Gefühl, das er nie ganz begreifen konnte – eine Sehnsucht, tief und unausweichlich, wie der Lauf des Nils. Oft wachte er aus Träumen auf, in denen er eine Stimme hörte, weich und vertraut, die einen Namen flüsterte: Neferet.

Der Klang dieses Namens verfolgte ihn immer, verborgen in den Ecken seines Geistes, wie ein Lied, das er nicht ganz greifen konnte, aber dessen Weise ihn nie verließ.

Er wusste nicht, wer sie war oder warum er diesen Namen kannte, doch jedes Mal, wenn er an ihn dachte, erfüllten ihn eine unerklärliche Wärme und ein schmerzhaftes Ziehen, als würde ihm etwas fehlen, das er noch nicht gefunden hatte.

Es war, als wäre sie der Teil seiner Seele, der ihm bestimmt war. Das Leben hatte ihn unbewusst auf einen Weg geführt, der sie irgendwann zu ihm bringen würde.

# II

## DER INNERE ZWIESPALT

Neferet kniete vor dem Altar der Göttin Isis, umgeben von den vertrauten Düften von Myrrhe und Weihrauch, die die Luft im Tempel erfüllten. Ihre Hände glitten über die heiligen Symbole, während sie die Gebete flüsterte, die sie seit ihrer Kindheit kannte.

Das Licht der Morgensonne brach durch die hohen Fenster und tauchte den Raum in ein sanftes, goldenes Schimmern. Der Tempel war ein Ort der Ruhe, ein Ort, an dem sie sich immer sicher und beschützt gefühlt hatte. Hier war sie mehr als eine Frau – sie war das Werkzeug der Göttin, die Stimme, die deren Willen verkündete. Doch heute war etwas anders. Eine Unruhe lag in ihrem Herzen, ein Ziehen, das sie nicht benennen konnte.

Während ihre Lippen die Worte der Hingabe formten, wurde ihr Geist von einer wachsenden Unruhe zerrissen. Isis, ihre Göttin, war ihr Licht, ihre Führung – alles, was sie war, alles, was sie sein sollte, hatte sie dieser Göttin gewidmet. Doch da war eine andere Stimme, eine, die tief in ihr widerhallte und sich langsam, aber unaufhaltsam erhob. Sie war anders als das beruhigende Flüstern, das sie von Isis kannte. Diese Stimme war drängend, fordernd, fast unerbittlich.

Plötzlich durchbrach ein leises Schnurren die Stille. Seshat, Neferets Katze, schritt anmutig durch den Tempel, ihre grünen Augen leuchteten im goldenen Licht. Die Katze sprang lautlos auf den Altar und setzte sich direkt vor Neferet. Mit einem sanften Blick, der tief in ihre Seele zu dringen schien, schmiegte sich Seshat an ihre Hände, die immer noch über den Symbolen ruhten. Es war, als spürte Seshat die innere Zerrissenheit ihrer Herrin.

„Seshat …“, flüsterte Neferet und hob die Katze sanft in ihre Arme. Das leise Schnurren und die Wärme des Tieres beruhigten sie ein wenig, doch die drängende Stimme in ihrem Inneren ließ sich nicht zum Schweigen bringen.

„Neferet“, schien die Stimme zu flüstern, doch das Flüstern fühlte sich an wie ein Befehl. Es war, als ob die Göttin selbst zu ihr sprach, aber die Worte kamen nicht aus den heiligen Symbolen, nicht aus den vertrauten Ritualen. Sie entsprangen einem Ort, den sie nicht kannte, und doch fühlte es sich an, als hätte er immer in ihr bestanden.

Ihre Hände verharrten über den Symbolen des Altars, während ihre Gedanken sich überstürzten. Wie konnte es sein, dass die Stimme der Göttin sie von ihrem Weg abbrachte?

Die Gebete, die sie flüsterte, begannen zu stocken. Das Ziehen in ihrer Brust wurde unerträglich. Es fühlte sich an, als würde sie zwischen zwei Welten zerrissen – zwischen der Verpflichtung, die sie der Göttin gegeben hatte und einer Kraft, die aus ihrem Innersten kam und alles infrage stellte.

„Geh zur Baustelle“, befahl die Stimme plötzlich, drängend und unaufhaltsam. „Er ist dort. Kha ist dort.“

Der Name durchzuckte sie wie ein Blitz, heiß und gleißend und ließ ihr Herz stocken. Kha. Dieses Wort, dieser Name fühlte sich an, als wäre er das fehlende Fragment ihrer Seele, das sie ihr ganzes Leben lang gesucht hatte. Sie konnte die Tränen nicht zurückhalten, die in ihre Augen stiegen. Ihre Hände zitterten, als sie sich auf dem Altar abstützte.

Die Katze sprang von Neferets Armen hinunter und schmiegte sich an ihre Beine, als wolle sie sie trösten. Seshat blickte zu ihr auf, als wüsste sie genau, dass Neferet eine Entscheidung treffen musste. Ihre sanfte Gegenwart wirkte wie ein stiller Begleiter, der Neferet half, ihren aufgewühlten Geist zu ordnen.

Welche Bedeutung hatte dieser Name? Warum fühlte er sich an wie ein Teil ihrer Seele, ein Teil, das sie nie gekannt hatte, aber ohne das sie niemals vollständig gewesen war? In ihrem Geist tobte ein Sturm. Ihre Liebe zu Isis war rein und ihre Pflicht gegenüber der Göttin war unerschütterlich gewesen – bis zu diesem Augenblick.

„Ist es die Göttin, die mich zu ihm ruft?“, fragte sie sich, ihre Gedanken ein wogendes Meer aus Furcht, Zweifel und Verlangen. Oder ist es etwas anderes? „Etwas, das tiefer reicht, das jenseits von allem liegt, was ich bisher verstanden habe?“

Mit geschlossenen Augen rang sie mit ihrer Entscheidung, doch das Ziehen in ihrem Herzen wurde stärker, unerträglich. Es war nicht mehr nur ein Ruf – es war eine unausweichliche Wahrheit, die in ihrem Innersten erstrahlte.

Schließlich erhob sie sich, ihre Beine fühlten sich unendlich schwer und doch befreit an. Ihre Augen suchten die anderen Priesterinnen, die in ihre Gebete vertieft waren. Sie waren so friedlich, so sicher in ihrem Glauben. Niemand bemerkte die Flut von Gefühlen, die in ihr tobten, niemand ahnte, dass die Hohepriesterin der Isis an diesem Tag eine andere Bestimmung gewählt hatte.

Mit jedem Schritt, der sie vom Altar entfernte, spürte sie das Gewicht ihrer Entscheidung. Die Welt, die sie gekannt hatte, verblasste hinter ihr, während sie hinaus in das blendende Licht der Sonne trat. Der Weg, der vor ihr lag, war ungewiss, doch die Stimme blieb, ein unauslöschliches Echo, das sie zu Kha führte – zu einem Schicksal, das größer war als jedes Gelübde und jedes Gebet.

# III

## IM SCHATTEN DER GÖTTIN

Aus einer angesehenen Familie in Theben stammend, war Neferets Weg schon früh vorgezeichnet. Ihr Vater Antef war ein hochgeachteter Feldherr im Dienste des Pharaos und bekleidete den Rang des Imi-ra mesha, des höchsten Befehlshabers der Truppen. Ihre Mutter Nefertari wurde nach Neferets Geburt zur Hohepriesterin der Isis ernannt und so war auch für Neferet vorbestimmt, welchen Weg sie gehen würde.

Schon als Kind zeigte sie eine außergewöhnliche Begabung für die heiligen Riten und ihre tiefe Verbundenheit zur Göttin war für alle sichtbar. Ihre Ausbildung begann früh und sie lernte die alten Texte, die heiligen Gebete und die Bedeutung der Rituale, die das Leben des Volkes mit den Göttern verbanden. Der Tempel wurde für sie zu einem zweiten Zuhause, ein Ort der Zuflucht und der spirituellen Führung.

Ihre Mutter hatte ihr oft von den Vorahnungen erzählt, die sie während der nächtlichen Gebete gehabt hatte. Eine dieser Vorahnungen hatte von einer großen Liebe gesprochen, die Grenzen überschreiten würde, aber auch von

Prüfungen, die Neferet eines Tages bestehen müsste. „Neferet, du bist eine Tochter der Göttin" hatte Nefertari gesagt, „doch dein Herz wird seinen eigenen Weg suchen."

Neferet war klug und wissbegierig und ihre Lehrerinnen spürten in ihr die Gabe, eines Tages als große Priesterin zu dienen. Sie wurde behutsam in die Mysterien des Tempeldienstes eingeführt und nahm schließlich den Platz ihrer Mutter ein, als diese starb. Schon in jungen Jahren wurde sie vom Pharao zur Hohepriesterin der Isis ernannt, eine Aufgabe, die ihr eine große Verantwortung auferlegte. Sie war eine geistige Führerin, die das Volk leitete, die Rituale durchführte und die Stimme der Göttin verkörperte.

Doch in ihr gab es immer eine leise Sehnsucht nach etwas, das sie nicht benennen konnte – eine Sehnsucht, die sie tief in ihren Träumen spürte. Es war, als hätte sie ihr ganzes Leben lang auf etwas gewartet, ohne zu wissen, was es war. Schon in jungen Jahren erlebte Neferet einen Traum, der sie immer wieder zum Nachdenken brachte.

Während einer stillen Nacht hatte sie plötzlich das Bild eines unbekannten Jungen vor Augen. Es war nur ein flüchtiger Augenblick, aber sein Anblick hatte sich tief in ihr Herz eingeprägt – ein Junge mit warmen, dunklen Augen, der hart arbeitete und dennoch eine Sanftheit in sich trug, die sie nicht erklären konnte.

Sie hatte dieses Bild damals als eine Laune ihres Geistes abgetan, ein Spiel der Müdigkeit oder der göttlichen Träume. Doch manchmal, in den stillen Stunden, fragte sie sich, warum sie gerade dieses Gesicht nie vergessen konnte. Es war, als hätte ein unsichtbares Band sie schon damals berührt und ihr eine Wahrheit gezeigt, die sie noch nicht begreifen konnte. Erst als die innere Stimme sie zur Baustelle rief, begann sie zu verstehen, dass diese Sehnsucht mit Kha verbunden war.

Neferet spürte das Gewicht ihrer Verantwortung wie eine unsichtbare Last auf ihren Schultern. Sie war eine Dienerin der Göttin, auserwählt, um das Volk zu führen. Und doch konnte sie den Ruf ihres Herzens nicht überhören. Es war nicht nur Kha, der sie anzog – es war das Gefühl, dass ihre Begegnung Teil eines göttlichen Plans war, der jenseits ihres Verständnisses und ihrer Vorstellungskraft lag.

Mit ihren 30 Jahren war Neferet eine Frau von großer Schönheit, mit tiefen Augen, die wie dunkler Onyx funkelten und in denen sich sowohl Weisheit als auch eine tiefe Verletzlichkeit spiegelten. Ihr schwarzes Haar war kunstvoll geflochten und fiel wie ein Schleier über ihren Rücken, während ihre warme bronzefarbene Haut von den vielen Stunden in der ägyptischen Sonne zeugte.

Ihre Kalasiris, das traditionelle Gewand aus feinstem weißen Leinen, war ein Sinnbild für schlichte Eleganz und tiefe Symbolik. Der weiche Stoff reichte bis zu den Knöcheln und schmiegte sich wie fließendes Wasser an ihre Haut, wobei er im Sonnenlicht einen seidigen Schimmer zeigte. Dabei bewahrte das Gewand stets eine würdige Anmut, die ihre Gestalt sanft umspielte, ohne zu enthüllen.

Ein breiter Träger verlief kunstvoll über ihre Schulter, geschmückt mit goldenen Fäden und winzigen Perlen, die Motive der Göttin Isis und Symbole wie das Anch und den heiligen Lotus zeigten. In der Mitte ihres Körpers wurde die Kalasiris mit einem schmalen Gürtel aus goldenem

Stoff zusammengehalten, der ihre Figur unauffällig betonte und gleichzeitig die Anmut und Würde der Trägerin hervorhob.

Der Stoff duftete nach den Ölen und Salben des Tempels, die von Myrrhe und Weihrauch durchzogen waren und verstärkte den Eindruck von Heiligkeit und erhabener Ruhe. Die Kalasiris war nicht nur Kleidung, sondern auch ein Ausdruck ihrer spirituellen Verbindung und ihres Ansehens als Verkörperung der Göttin Isis auf Erden.

Die Schlichtheit des Schnitts wurde durch die Bedeutung der Symbole und die Feinheit der Stoffe ausgeglichen, wodurch das Gewand sowohl für ihre Stellung als Hohepriesterin als auch für ihre natürliche Schönheit stand.

Neferets Arme waren frei und auf ihrer Haut trug sie mit Henna gemalte Ornamente, die Schutz und Kraft symbolisierten. Ihr Auftreten war von natürlicher Würde und Stärke geprägt, doch hinter ihrer Anmut lag eine unerschütterliche Entschlossenheit.

Seit ihrer Kindheit trug Neferet ein goldenes Anch an einer goldenen Kette um ihren Hals, ein Geschenk ihrer Mutter, das sie stets als Zeichen der Göttin Isis betrachtete. Sie erinnerte sich noch daran, wie ihre Mutter Nefertari ihr dieses kostbare Erbe anvertraute.

„Dies, meine Tochter", hatte sie gesagt, „ist mehr als ein Schmuckstück."

„Es ist ein Zeichen unserer Verbindung zur Göttin Isis, ein Symbol für das Licht, das uns in den dunkelsten Stunden den Weg weist."

Das Anch, Sinnbild von Leben und Wiedergeburt, war für Neferet eine Erinnerung an die untrennbare Verbindung zwischen den Welten. Sie konnte nicht ahnen, dass auch Kha, weit entfernt in einem einfachen Dorf am Nil, ein solches Symbol trug, das ihm von seinem Vater überreicht worden war.

IV

## DIE BEGEGNUNG DER SEELEN

An diesem Tag hatte eine innere Stimme sie zur Baustelle gerufen. Etwas oder jemand zog sie dorthin und tief in ihrem Herzen wusste sie, wer es war: Kha. Ohne zu zögern war sie aufgebrochen, geleitet von einer Macht, die sie nicht infrage stellte, sondern der sie sich anvertraute.

Sie erreichte die Baustelle und stand abseits, verborgen hinter einer der Mauerwände. Ihre Haltung war aufrecht und elegant zugleich.

Auf der Baustelle bewegten sich die Männer in einem Gleichmaß, das die Wüste vorzugeben schien. Stimmen mischten sich mit dem Hämmern und Schlagen, doch Kha fiel ihr auf. Seine Bewegungen waren sicher und gekonnt. Obwohl er wie alle anderen schwitzte und arbeitete, lag eine Ruhe in seiner Arbeit.

Mit Hingabe und Leidenschaft bearbeitete er die gewaltigen Steinquader, als ob er die Seele des Steins selbst erwecken wollte. Jede seiner Bewegungen zeugte von einer tiefen Verbindung zu seinem Handwerk, von einem inneren Frieden, den die harte Arbeit ihm brachte.

Neferets Gesicht war im Schatten verborgen und ihre Augen fixierten Kha. Sie wusste, dass ihre Anwesenheit hier nicht geduldet würde und doch konnte sie sich nicht zurückhalten. Etwas an diesem Mann fesselte sie. Es war, als ob sie ihn schon ihr Leben lang gekannt hätte, als wäre da ein unsichtbares Band, das ihre Seelen miteinander verknüpfte.

Doch während Neferet ihn bewunderte, fiel ihr ein anderer Mann auf, der Kha aus der Nähe beobachtete. Er wurde von den anderen Arbeitern Sethek gerufen, ein Arbeiter, dessen Blick von Neid und Missgunst durchzogen war. Er schien Khas Geschick und die stille Bewunderung der anderen nicht ertragen zu können. Missbilligend beobachtete er jede Bewegung Khas, als würde er nur auf einen Fehler warten, um seine Missgunst in offene Verachtung zu verwandeln.

Der heiße Wind trug den Geruch von Stein und Sand zu ihr. Neferet spürte das Hämmern ihres Herzens, als ihre Blicke erneut zu Kha wechselten.

Sein Körper bewegte sich mit der Anmut eines Mannes, der wusste, was er tat. Seine Hingabe, seine Stärke – es war mehr als nur seine Arbeit. Es war, als wäre er dazu bestimmt hier zu sein, genau in diesem Augenblick, und sie war ebenfalls dazu bestimmt ihn zu sehen.

Sie spürte, wie ihre Hände zitterten, als sie sich näher heranwagte. Sie wusste, dass es gefährlich war, aber etwas trieb sie voran.

Neferet schluckte, ihr Herz pochte in ihrer Brust. Sie wusste nicht, warum sie hierhergekommen war, nur dass sie es musste. Langsam trat sie aus dem Schatten hervor, ihre Schritte kaum mehr als ein Flüstern auf dem sandigen Boden. Ihr Herz schrie vor Zweifel, doch ihre Seele zog sie unaufhaltsam zu ihm.

„Kha", rief sie schließlich, ihre Stimme leise, aber fest genug, um den Lärm der Baustelle zu durchdringen.

Kha drehte sich um, überrascht, seinen Namen von einer Stimme zu hören, die sich in seinem Herzen wie Musik anfühlte.

Er sah auf und da stand sie – eine Frau, deren Anblick ihm gleichzeitig Ehrfurcht und eine seltsame Geborgenheit verlieh. „Hohepriesterin", murmelte er ehrfürchtig und neigte seinen Kopf vor ihr, doch sein Herz schlug wild, als er ihre Anwesenheit spürte.

Neferet trat näher, ihr Blick fest auf ihn gerichtet. „Kha", flüsterte sie, ihre Stimme sanft, aber erfüllt von einer unausgesprochenen Sehnsucht. Er hielt den Kopf geneigt, als trüge er eine Last, die niemand sehen konnte, doch seine Haltung blieb stolz, fast widerstrebend.

Langsam hob Kha den Blick und im goldenen Licht der Sonne trafen sich ihre Augen zum ersten Mal. Neferet spürte, wie ihr Atem stockte, ihre Beine schienen unter ihr nachzugeben. In Khas Augen lag eine Wärme, eine Vertrautheit, die sie sich nicht erklären konnte.

Es war, als hätten ihre Seelen einander erkannt. Es war, als würde die Welt in diesem Augenblick stillstehen, als hätte die Zeit selbst ihren Atem angehalten, um diesem einen Augenblick Raum zu geben. Ihre Blicke verschmolzen und beide spürten eine unaussprechliche Vertrautheit, ein Echo, das tief aus ihrer Seele zu kommen schien. Die Welt um sie herum und die Zeit schienen stillzustehen, jeder Gedanke, jede Unsicherheit verblasste im

Licht ihrer Augen. Alles um sie herum verschwand in einem Meer aus Hitze und Staub.

Khas Augen wanderten für einen Herzschlag von ihrem Gesicht ab und blieben an dem Anch hängen, das sie an einer goldenen Kette um ihren Hals trug. Das Anch funkelte im Licht der Sonne, als würde es ihre Seelen an das Unausweichliche binden. Neferet, die den intensiven Blick spürte, folgte seinen Augen und sah dann das Anch aus schwarzem Onyx, das er um seinen Hals trug – schlicht, aber kraftvoll.

Ihre Hand hob sich unbewusst zu ihrem Symbol, während Kha das seine berührte. Es war, als würde dieses kleine Zeichen die unausgesprochene Verbindung zwischen ihnen offenbaren, eine Verbindung, die jede Zeit und jeden Ort überdauerte. Ihre Blicke trafen sich erneut und in diesem stillen Augenblick wussten sie beide, dass dieses Band nicht von dieser Welt war.

Kha wusste es in diesem Augenblick – mit einer Deutlichkeit, die ihn bis in die Tiefe seiner Seele durchdrang: Neferet war nicht nur eine Frau. Sie war seine einzige Bestimmung, die Verkörperung all dessen, wonach er sein Leben lang unbewusst gesucht hatte.

Khas Herz setzte einen Schlag aus und ein Zittern durchlief ihn, doch er konnte nicht wegsehen. Neferets Augen waren tief und unergründlich wie die Mysterien der Nacht. Eine Vertrautheit ergriff ihn, eine Anziehung, die ihn durchdrang wie ein unsichtbares Beben, das seine Welt für immer veränderte.

In ihrem Blick lag eine Gewissheit, die ihn bis in die Tiefe seiner Seele berührte. Sie waren füreinander bestimmt, verbunden durch ein Band, das nichts und niemand trennen konnte. Die Welt um sie herum verblasste und es blieb nur noch das pochende Echo ihrer Herzen.

„Ich … ich kenne dich", sagte sie schließlich, ihre Augen suchten in seinen, als könnte sie dort Antworten finden. „Obwohl wir uns nie zuvor begegnet sind, fühle ich, als wären unsere Seelen … verbunden."

Sie hob ihre Hand zu ihrem Hals, wo ein kleines Mal in Form eines Anch verborgen lag und Kha sah, wie das Symbol in der Sonne zu glühen begann. Für Neferet war das Mal lange Zeit einfach ein Teil von ihr gewesen, ein Zeichen, das sie seit ihrer Geburt trug und das die Priester des Tempels als besonderen Segen der Götter auslegten. Doch oft fühlte sich dieses Symbol eher wie eine Last an – eine stumme Mahnung, dass von ihr etwas Besonderes erwartet wurde, dass sie mehr sein musste als andere, dass sie eine besondere Verbindung zu den Göttern haben sollte.

Kha starrte auf das Zeichen und hob unwillkürlich seine eigene Hand zu seinem Hals, wo das gleiche Symbol in seine Haut eingeschrieben war und zu glühen begann. „Das … das kann nicht sein", flüsterte er, seine Stimme bebend vor Ehrfurcht und Verwirrung. „Das ist das Zeichen der Götter." Seit seiner frühesten Kindheit hatte Kha das Gefühl, dass es eine unerklärliche Verbindung gab, die er nie ganz verstehen konnte. Der Name der Hohepriesterin war ihm aus Träumen seit seiner Kindheit vertraut.

Er spürte, wie sich ein Schleier in seinem Geist hob, als hätte das Licht der Wahrheit endlich seinen Weg gefunden. „Neferet", flüsterte er, ihr Name zitterte auf seinen Lippen, als wäre er ein heiliges Gebet. „Du bist es. Diejenige, an die ich mein ganzes Leben lang gedacht habe, ohne zu wissen, dass ich dich suche."

Seine Hand glitt von dem Mal an seinem Hals und er sah ihr tief in die Augen, wo er die Antworten fand, die er so lange gesucht hatte. „Ich habe immer von dir geträumt, dich gespürt, ohne es zu verstehen. Jetzt weiß ich, dass all diese Zeichen mich zu dir geführt haben."

Neferet blickte ihn an, ihre Augen füllten sich mit Tränen, doch sie lächelte – ein Lächeln, das durch alle Zeit und alle Trennungen hindurchschien. „Wir waren immer eins, Kha. Es musste so sein. Und nichts – keine Zeit, kein Raum, kein Schicksal – konnte uns wirklich trennen."

Die Wüste schien ihren Atem anzuhalten. Der Wind verstummte, die sengende Hitze schwand und eine erhabene Stille legte sich wie ein Schleier über die Welt. Es war, als ob die Götter selbst die Zeit angehalten hätten, um dieser stillen Ewigkeit beizuwohnen – einem Augenblick, der von einer Macht durchdrungen war, die jenseits menschlichen Verstehens lag.

Die Luft schien vor Erwartung zu zittern und die Wahrheit, die sich offenbarte, war zugleich unbegreiflich und unumstößlich. Zwei Seelen, die durch ein unzerbrechliches Band verbunden waren, das die Schranken von Zeit und Tod sprengte und sie immer wieder zueinander führte.

V

## EINE SEELE IN ZWEI LEBEN

Der heiße Wind der Wüste peitschte über die Baustelle, doch der Augenblick, in dem ihre Blicke sich trafen, ließ die ganze Welt erstarren. Nichts war von Bedeutung — weder der Staub, der in der Luft lag, nicht die Schreie der Aufseher, die die Arbeiter antrieben, noch die schmerzenden Hände, die jeden Tag bis zur Erschöpfung arbeiteten. Alles, was Kha in diesem Augenblick fühlte, war der tiefe Blick von Neferet, ein Blick, der ihn durchdrang, als könnte sie seine Seele berühren.

Neferet trat näher, bis nur noch ein Lufthauch beide voneinander trennte. Ihre Augen funkelten und ihre Stimme war kaum mehr als ein Flüstern. „Vielleicht haben die Götter uns zusammengeführt, Kha. Vielleicht gibt es eine Bestimmung, die größer ist als die Götter und größer als wir selbst."

Khas Herz zog sich zusammen, als er ihre Worte hörte. Der Gedanke, dass sie für etwas Höheres bestimmt sein könnten, erfüllte ihn mit Ehrfurcht, aber auch mit einer tiefergehenden Furcht.

„Neferet", begann er zögernd, „wenn dies wirklich der Wille der Götter ist ... was sollen wir dann tun?"

Sie sah ihn einen langen Augenblick an, ihre Augen funkelten vor unterdrückten Gefühlen. Neferet wusste, dass dies gegen alles verstieß, wofür sie stand. Doch ihr Herz fühlte sich lebendig an, so lebendig wie nie zuvor. Sie hob eine Hand und legte sie leicht an seine Wange.

Ihre Berührung war warm und ein Gefühl von Frieden durchströmte Kha, als wären all der Lärm, der Staub und die Schwere seines Lebens plötzlich nichtig. „Vielleicht ... sollten wir einfach vertrauen", sagte sie, ihre Stimme bebend. „Vertrauen in das, was zwischen uns ist."

Kha schloss die Augen bei ihrer Berührung, ihre Hände fühlten sich so warm und vertraut an, als hätte sie ihn schon unzählige Male so berührt. Er fühlte sich frei, als wäre das Gewicht seiner Arbeit von ihm abgefallen. Kha wusste, dass dies verboten war, dass sie in Gefahr waren, allein dadurch, dass sie sich berührten. Doch in diesem Augenblick schien alles andere unwichtig. Er öffnete die Augen, seine Stimme war ein Flüstern: „Mein Herz gehört dir, Neferet."

Ihr Name, von seinen Lippen ausgesprochen, fühlte sich an wie ein uralter Schwur. Neferet – ein Name, so alt wie das Flüstern der Wüstenwinde, so voller Bedeutung wie das Licht der aufgehenden Sonne über dem Nil. „Die Schöne", „die Vollkommene" – so war die Bedeutung ihres Namens, doch für ihn bedeutete dieser Name mehr. Kha sah in ihr nicht nur die Verkörperung äußerer Anmut, sondern die Verkörperung einer Seele, die ihn vollkommen machte.

In ihrem Namen lag ein Klang, der das Göttliche in der Welt und in ihrem Wesen widerspiegelte. Neferet – der Klang ihres Namens war für ihn wie ein Versprechen: Schönheit, Güte und eine Vollkommenheit, die keine Zeit und keine Grenzen kannte und selbst den Tod überwand. Sie war mehr als ein Name. Sie war seine Bestimmung, seine Vollendung, sein unsterbliches Licht in den Schatten des Lebens.

Ihre Augen trafen sich erneut und in diesem einen Augenblick wusste auch Neferet, dass nichts – weder die Götter noch die Gesetze der Menschen – ihre Seelen trennen könnte. Sie spürte eine unausweichliche Anziehung, die sie zu ihm führte und sie wusste, dass sie gegen ihr eigenes Schicksal ankämpfen würden, wenn es erforderlich war.

Neferet fühlte, wie ihre Beine zitterten. Ihre Knie wurden weich und ihr Herz schlug wie eine Trommel, laut und immer wieder. Es war, als könnte sie durch seine Augen in die Tiefe ihrer eigenen Seele blicken, als würde er sie auf eine Weise verstehen, wie es kein Mensch zuvor je konnte.

Ein seltsames Gefühl von Geborgenheit und Schicksal durchzog sie, während sie langsam näher trat. „Warum fühlst du dich so vertraut für mich an?", flüsterte sie, ihre Stimme kaum lauter als das Rascheln der Blätter einer nahen Palme. „Warum zieht mich etwas zu dir, das ich nicht verstehe?"

Ihre Liebe war keine bloße Bindung von Mann und Frau, kein einfaches Verlangen, das in der flüchtigen Glut der Leidenschaft verging. Zwischen Kha und Neferet bestand etwas, das weit über die Grenzen des Irdischen hinausging. Es war, als ob ihre Seelen seit Anbeginn der Zeit miteinander verflochten waren – zwei Hälften eines Ganzen, geschaffen, um immer wieder zueinanderzufinden.

Kha spürte es in jedem Blick, den sie tauschten, in jeder leisen Berührung, die mehr sagte als tausend Worte. Wenn er in Neferets Augen sah, schien die Welt um ihn herum zu verblassen und das Weltall offenbarte ihm eine Wahrheit, die er nicht in Worte fassen konnte: Sie waren mehr als nur Liebende. Sie waren Spiegelbilder voneinander, zwei Funken desselben göttlichen Lichts.

Auch Neferet wusste es, tief in ihrem Herzen. Ihre Verbindung zu Kha erfüllte sie mit einer Sehnsucht, die sie nicht verstand, aber dennoch akzeptierte. Es war, als wäre er das fehlende Fragment eines göttlichen Plans, das seit Anbeginn der Zeit in ihren Seelen eingewebt war und sie nun wieder vereinte. Sie hatte schon oft von Liebe gehört, von der Art von Bindung, die die Menschen suchten, doch das, was sie mit Kha hatte, war anders. Es war zeitlos, unerschütterlich und es trug die stille Kraft einer Wahrheit, die selbst die Götter nicht leugnen konnten.

Ihre Liebe war ein Band, das nicht durch bloße Worte oder Gesten beschrieben werden konnte. Sie entsprang aus der Tiefe ihrer Seelen, eine Verbindung, die nicht gebrochen werden konnte – nicht durch Gesetze, nicht durch Macht, nicht einmal durch den Tod. Es war mehr als Liebe, es war der Einklang des Lebens selbst, das Gleichgewicht, das in ihrer Verbindung lebendig wurde.

# VI

## LIEBE GEGEN DAS SCHICKSAL

Kha wagte es kaum, in Neferets Gesicht zu sehen. Doch als sie so nahe vor ihm stand, füllten sich seine Augen mit einer Mischung aus Ehrfurcht und Verlangen. Doch woher kam dieser innere, unaufhaltsame, schicksalhafte Drang?

Neferets Lippen bebten und in ihren Augen funkelten Tränen, die sie sich nicht erklären konnte. „Du weißt, dass dies verboten ist", flüsterte sie und schloss für kurze Zeit die Augen, als würde sie versuchen, ihre Gedanken zu ordnen. „Wir ... wir dürfen nicht ..."

Kha unterbrach sie, „nein, wir dürfen nicht", seine Stimme war heiser und voller Gefühl. „Doch wie soll ich es verdrängen? Wie soll ich wegsehen, dass meine Seele aufleuchtet, wenn ich dich sehe? Ich bin nur ein einfacher Steinmetz, doch es fühlt sich an, als wäre ich durch die Götter selbst mit dir verbunden."

Neferet rang nach Luft, seine Worte trafen sie wie ein Blitzschlag. Sie spürte seine rohe Ehrlichkeit, die Leidenschaft in seiner Stimme und sie wusste, dass er genau das fühlte, was auch sie empfand. Sie trat noch einen Schritt näher und hob ihre Hand, legte sie an seine Brust, spürte den kräftigen Herzschlag unter seiner schweißnassen Haut. „Vielleicht ist dies die Prüfung, die die Götter uns auferlegt haben", sagte sie, „was, wenn wir gegen Gesetze und selbst gegen die Götter kämpfen müssen, um zu zeigen, dass unsere Seelen füreinander bestimmt sind?"

Ihre Hand auf seiner Brust fühlte sich an wie ein Versprechen, eine Bindung, die älter war als die Zeit. Kha legte seine eigene Hand über die ihre, schloss die Augen und fühlte die Wärme, die von ihr ausging. „Dann werde ich kämpfen, Neferet", flüsterte er. „Ich werde kämpfen, bis ich nicht mehr kann. Für dich. Für uns."

Die Worte hingen zwischen ihnen wie ein unausgesprochener Schwur, ein Schwur, der stärker war als jedes Gesetz, das ihnen auferlegt wurde. Neferet blickte zu ihm auf und in ihren Augen funkelte eine Mischung aus Furcht und Hoffnung. „Wir werden leiden, Kha. Die Mächte der Menschen und Götter werden uns entgegenstehen."

„Ich fürchte nichts, solange ich dich bei mir habe", sagte er leise und seine Stimme zitterte unter dem Gewicht dieser Wahrheit. „Kein Band dieser Welt könnte eine Liebe wie die unsere halten."

Tränen glitzerten in ihren Augen und sie konnte nicht anders, als sich leicht zu ihm vorzubeugen. Ihr Atem mischte sich mit seinem und ihre Lippen waren nur einen Hauch voneinander entfernt. „Kha, mein Herz ist schwer vor Furcht", gestand sie, ihre Stimme bebend vor all der Leidenschaft und Verzweiflung, die sie in sich trug. „Furcht, dass es uns beide zerreißen wird."

Er legte seine Stirn an ihre, ihre Gesichter im Schatten verborgen, während die Welt um sie herum zu verschwinden schien. „Vielleicht endet es nicht gut", sagte Kha sanft, „doch jeder Augenblick mit dir ist wie ein Tropfen Ewigkeit. Jedes Opfer, jede Gefahr – all das bedeutet nichts, wenn ich dich nur lieben kann.“

In diesem Augenblick wurde Neferet bewusst, dass sie auf einem schmalen Grat zwischen Pflicht und Leidenschaft gefangen war. Sie wusste, dass sie einen gefährlichen Weg eingeschlagen hatten, einen, der sie beide ins Verderben führen würde. Doch sie konnte nicht zurück. Die Liebe, die sie spürte, war zu mächtig, zu allumfassend, als dass sie sie einfach verleugnen könnte.

„Dann lass uns diese Zeit festhalten“, sagte sie schließlich, ihre Lippen strichen sanft über seine Wange. „Solange wir noch können.“

Ein leises Seufzen entwich Kha, als ihre Lippen sich trafen. In diesem Kuss lag all das Verlangen, all die Sehnsucht, die sie so lange unterdrückt hatten. Es war ein Kuss, der mehr versprach, als Worte es jemals könnten – eine Bindung jenseits von Zeit und Raum, ein Versprechen, das selbst die Götter nicht brechen konnten.

Doch die Zeit drängte und das Wissen um die drohende Gefahr trieb sie auseinander. Neferet löste sich, ihre Augen suchten nach einem letzten Hauch von Sicherheit in seinen, bevor sie sich umdrehte und zurück in die Schatten schlich. „Finde mich wieder“, hauchte sie, während ihre Gestalt verschwand.

„Immer“, schwor Kha, seine Stimme kaum hörbar im Wind. Sein Herz hämmerte, seine Hände zitterten. Er wusste, dass dies der Beginn eines verbotenen Weges war – einer Liebe, die gegen die Gesetze ihrer Welt verstieß und die sie beide in Lebensgefahr bringen konnte. Aber für Neferet – für die Liebe, die sie teilten – war er bereit, alles zu riskieren.

Die Welt begann sich wieder zu bewegen und der Lärm der Baustelle drang zu ihm zurück. Doch die Verbindung, die sie gerade gespürt hatten, war stärker als alles, was um sie herum geschah. Ein Funke war entzündet worden und beide wussten, dass es kein Zurück mehr gab. Was auch immer kommen mochte – sie würden einander nicht mehr loslassen können.

Die Verbindung ihrer Seelen war mächtiger als je zuvor, doch der Sturm des Schicksals näherte sich unaufhaltsam. Beide wussten, dass der Pfad, den sie gewählt hatten, voller Herausforderungen, Schmerz und Leidenschaft sein würde.

Doch die Gefahr lauerte bereits, unsichtbar, bereit, ihre Welt zu zerreißen. Dieser Augenblick, den sie teilten, war nur der Anfang – ein kurzes Aufleuchten in einer langen Nacht, voller Versprechen und ungeahnter Folgen.

# VII

## NÄCHTE DES VERSPRECHENS

Wochen vergingen, während denen Kha und Neferet sich in der Sicherheit der Nacht trafen. Doch mit jeder Begegnung wuchs die Gefahr, ihre Liebe könnte ans Licht kommen. Ihre Nächte wurden zu kostbaren Augenblicken, getränkt von der Furcht vor dem unausweichlichen Ende.

Im Verborgenen, in einer kleinen versteckten Senke nahe der Baustelle, trafen sie sich, während der Mond wie ein stiller Zeuge über der Wüste thronte. Die Nacht trug den Duft von blühender Myrte heran und das silberne Licht legte sich sanft über ihre Umrisse, während sie nebeneinander saßen, die Welt um sich herum vergessen.

„Ich habe den ganzen Tag an diesen Augenblick gedacht", flüsterte Kha, seine Stimme war von der Sehnsucht durchzogen, die ihn seit ihrem ersten Zusammentreffen verfolgte. Seine Finger strichen leicht über Neferets Hand, als wollten sie sich vergewissern, dass sie wirklich hier war, dass dies kein Traum war, aus dem er jeden Augenblick erwachen könnte.

Neferet lächelte, ein bittersüßes Lächeln, das die Furcht und das Glück in sich trug, die ihre Begegnungen begleiteten. „Auch ich, Kha. Doch manchmal frage ich mich, wie lange wir uns noch sehen können, ohne entdeckt zu werden. Es ist so gefährlich ...“. Ihre Stimme brach ab und sie blickte hinauf zum Mond, der hoch am Himmel hing, unberührt von den Sorgen der Sterblichen.

„Solange die Götter uns gewähren“, sagte Kha und sein Blick war fest auf sie gerichtet. „Wenn ich nur an deiner Seite bin, kann keine Gefahr mich schrecken.“ Seine Augen glänzten im Mondlicht und es lag eine unerschütterliche Entschlossenheit in ihnen. „Du bist der Stern, der mich durch die Dunkelheit führt, Neferet. Ohne dich ...“, er zögerte, seine Stimme bebte, „... ohne dich wäre alles nur leer.“

Neferet fühlte, wie ihr Herz bei seinen Worten schneller schlug. Sie wusste, dass dies gefährlich war, dass sie mit jeder Begegnung mehr riskierten, doch die Liebe, die sie für ihn empfand, war stärker als jede Vernunft. Sie griff nach seiner Hand und drückte sie fest. „Ich werde bei dir sein, Kha, wohin dieser Weg uns auch führen mag, wir werden ihn gemeinsam beschreiten.“

Er zog sie sanft zu sich, bis ihre Stirnen sich berührten, sie fühlten die Wärme des anderen, das gemeinsame Pochen ihrer Herzen. „Ich liebe dich“, hauchte er, kaum hörbar, als würde das Aussprechen dieser Worte die ganze Welt verändern.

Neferet schloss die Augen, ihre Lippen bebten und sie flüsterte zurück: „Und ich liebe dich, Kha. Jetzt und für immer.“

Die Nacht schien sich um sie zu legen, als wollte sie ihnen Schutz bieten, als wollten die Sterne selbst ihre Liebe segnen. Für diese wenigen kostbaren Stunden, die ihnen vergönnt waren, bestand keine Welt außerhalb von ihnen. Kein Pharao, kein Tempel, keine Hohepriester, keine Wachen, keine Gesetze – nur sie, die unendliche Wüste und der Mond, der über ihnen wachte.

Jene Schatten, die einst ihre Verbündeten waren, begannen sich zu bewegen. Die Sicherheit der Nacht wich einer bedrückenden Stille, die bald von drohendem Verrat durchbrochen werden sollte. Ein Schatten huschte in der Ferne vorbei, ein lautloser Zeuge ihrer Liebe. Die Welt um sie herum war nicht so unbemerkt, wie sie glaubten. Die Folgen ihrer Begegnungen würden bald unausweichlich auf sie zustürmen.

# VIII

## DER TRAUM VON UR

Wie bei jedem ihrer heimlichen Treffen im Verborgenen wurde die Baustelle von der Nacht in tiefes Dunkel gehüllt, nur das fahle Licht der Sterne erhellte den Ort. Zwischen unfertigen Steinblöcken trafen sich Kha und Neferet, ihre Stimmen gedämpft, als sie sich voreinander setzten. Die Luft war still, doch etwas schien lebendig, fast greifbar.

In der Ferne bewegte sich Sethek durch die Schatten. Sein Gang war leise, fast lautlos, doch seine Umrisse wirkten unruhig, als ob ihn etwas trieb. Obwohl er scheinbar in Gedanken versunken war, ging von ihm eine seltsame Spannung aus, die die Dunkelheit schwer und bedrohlich wirken ließ.

„Ich habe wieder von dir geträumt", begann Kha zögernd, seine Stimme kaum mehr als ein Flüstern. „Aber es war nicht hier. Es war ... anders. Ich sah dich, doch nicht als die Priesterin, die ich kenne. Du warst eine Fremde, du kamst als Gefangene aus einem anderen Land, du kamst in meine Stadt, eine Stadt namens Ur."

Neferet sah ihn überrascht an, ihre Augen glitzerten im schwachen Licht. „Ich hatte denselben Traum", sagte sie leise. „In meinem Traum warst du ein Schreiber und Gelehrter. Du hast versucht, mich zu retten."

Kha lehnte sich zurück, seine Stirn in Falten gelegt. „Erzähl mir von deinem Traum. Aber aus meiner Sicht. Ich will wissen, was du gesehen hast."

„Du warst ein Gelehrter", wiederholte Neferet, ihre Stimme sanft, aber bestimmt. „Ein Gelehrter, der Tontafeln für die Oberen beschrieb. Dein Leben war ruhig, fast eintönig, bis sie mich vor dich brachten. Ich erinnere mich, wie deine Augen mich ansahen – nicht mit Verachtung wie die anderen, sondern mit ... Neugier. Vielleicht sogar Mitgefühl. Der Gelehrte hatte an seinem Hals ein Mal. Als ich dem Gelehrten gegenüberstand, begann das Mal zu glühen."

Kha lauschte ihren Worten, sein Atem wurde langsamer. „Was habe ich getan?", fragte er leise.

„Du hast mir zugehört", erklärte Neferet. „Ich sprach von der Flut, von den Zeichen, die ich gesehen hatte. Die Oberen wollten nicht glauben, dass eine Gefangene solches Wissen besitzen könnte. Aber du ... du hast an mich geglaubt. Du hast gesehen, dass ich die Wahrheit sagte."

„Ich erinnere mich", murmelte Kha, als ob er die Worte durch ihre Stimme erneut erlebte. „Aber was geschah dann?"

Neferet hielt inne, ihre Augen suchten seine. „Du hast dich entschieden, mir zu helfen. In der Nacht bist du zu meiner Zelle gekommen, hast das Schloss geöffnet und mir gesagt, ich solle leise sein. Wir sind durch die Straßen der Stadt gerannt, bis wir außerhalb der Mauern waren."

„Und jetzt erzähl mir den Traum aus meiner Sicht", forderte Neferet sanft, während sie sich noch ein Stück näher zu ihm beugte. „Erzähl mir, was ich gesehen habe."

Kha nickte, seine Stimme wurde fester. „Du warst eine Gefangene, gefangen genommen in einem fremden Land. Sie brachten dich in die Stadt, Seile um deine Hände und führten dich vor die Oberen. Sie haben dich gedemütigt, behandelt, als wärst du nichts. Aber in deinem Inneren ... da war eine Kraft. Du hast dich nicht gebeugt, nicht einmal, als sie dich verspotteten."

Neferet schluckte schwer, doch sie sagte nichts. Kha fuhr fort: „Ich weiß noch, wie du mich ansahst, als ich die Tontafeln vor mir liegen hatte. An deinem Hals hattest du ein Mal. Als du mir gegenüberstands, begann dieses Mal unerklärlich zu glühen. Du hast nicht gebettelt, nicht gefleht. Du hast nur gesprochen – ruhig, bestimmt, voller Wahrheit. Du hast ihnen gesagt, dass die Flut kommen würde, dass die Stadt verloren sei, wenn sie nichts änderten."

„Und?", fragte Neferet, ihre Stimme kaum hörbar.

„Und die Oberen haben gelacht", sagte Kha bitter. „Sie haben gesagt, du seist eine Verrückte, ein Werkzeug der Feinde. Sie wollten dich hinrichten, um die Götter zu besänftigen. Doch du hast nicht aufgegeben. Du hast weitergesprochen, selbst als sie dich fortführten."

Neferet spürte, wie Tränen in ihren Augen brannten. „Was geschah dann?", flüsterte sie.

Kha sah sie an, seine Stimme wurde weicher. „Ich habe dich befreit, ich habe die Flut gesehen, die du beschrieben hast. Ich habe gesehen, wie sie die Mauern der Stadt verschlang, wie die Zikkurat zusammenbrach. Aber davor ...

hast du mich angesehen und gesagt: ‚Ich werde warten. Gleichgültig, was geschieht, ich werde warten.‘ Und dann war ich es, der dir schwor: ‚Ich werde dich finden.‘“

Die Nacht umhüllte sie und für einen Augenblick war es, als ob die Zeit stillstand. Neferet legte eine Hand auf das goldene Anch an ihrem Hals und Kha spürte, wie sein Herz schneller schlug.

„Wir hatten beide denselben Traum“, erkannte Neferet schließlich, ihre Stimme war kaum mehr als ein Flüstern. „Und wir haben ihn gleich gesehen. Es war, als ob wir nicht nur geträumt, sondern … uns erinnert hätten.“

Kha nickte langsam. „Vielleicht war es keine Erinnerung, sondern eine Wahrheit, die uns gezeigt wurde. Eine Wahrheit über das, wer wir sind.“

Neferet legte ihre Hand auf die seine. Das goldene Anch schimmerte schwach im Licht der Sterne. „Wir finden uns immer wieder“, hauchte sie leise, „wo auch immer wir sind, wann auch immer es geschieht.“ „Und wir werden nie aufhören“, entgegnete Kha, seine Stimme fester. „Nicht in diesem Leben. Nicht in irgendeinem anderen.“

# IX

## ZWISCHEN SONNE UND SCHATTEN

Die Sonne stieg über den Horizont und tauchte die Wüste in ein goldenes Licht, als Kha sich an seine Arbeit machte. Er begann seinen Tag wie immer: mit der harten, körperlichen Arbeit, die ihm vertraut und dennoch heute schwerer als sonst erschien. Während er den Meißel ansetzte, um die Kanten eines massiven Steinblocks zu glätten, wanderten seine Gedanken zurück zu dem Traum, den er in der Nacht zuvor mit Neferet geteilt hatte.

Ur. Die Stadt mit ihren Mauern aus Lehmziegeln, der gewaltigen Zikkurat und der Flut, die alles verschlang. Er sah vor seinem inneren Auge die Straßen vor sich, die er mit ihr entlanggerannt war, das Flackern der Fackeln und das Gewicht ihrer Hand in seiner. Es war so wirklich gewesen, als hätte er tatsächlich dort gelebt, diese Ereignisse durchlebt.

Ein Zittern ging durch seine Hände, als der Traum ihn erneut überkam. „Was bedeutet das alles?", fragte er sich. „Sind wir wirklich dazu bestimmt, einander immer wiederzufinden – durch Zeiten, durch Leben?"

Der Gedanke trug ihn durch die ersten Stunden der Arbeit, während der Klang des Meißels gegen den Stein wie ein ferner Herzschlag widerhallte. Doch die Bilder von Ur, von Neferet und dem Schwur, den sie sich gegeben hatten, ließen ihn nicht los.

Seine Hände, stark und geübt, umfassten den Meißel, während seine Gedanken weit weg waren – bei Neferet. Jeder Schlag seines Hammers gegen den Stein schien ihren Namen zu formen. „Neferet", flüsterte er leise, seine Stimme kaum mehr als ein Hauch, den der heiße Wüstenwind davontrug. Ihre Augen – tief wie der Nil – erschienen ihm in der glühenden Mittagssonne. Der Klang ihrer Stimme hallte in seinen Gedanken wider, ein Echo, das ihn zugleich tröstete und quälte.

Kha arbeitete unermüdlich mit einer Hingabe, die die anderen Arbeiter erstaunen ließ, doch sie wussten nicht, dass jeder Schlag, jeder gezielte Schnitt ein Versuch war, die Zeit zu beschleunigen – die Zeit, bis er sie wiedersehen würde.

Im Tempel von Isis stand Neferet am Altar, umgeben von den heiligen Düften von Myrrhe und Weihrauch, während die Morgensonne durch die hohen Fenster fiel und den Raum in ein sanftes Licht tauchte. Ihre Hände, die einst mit sicherem Griff die heiligen Symbole berührt hatten, zitterten leicht, während sie das kühle Wasser des Beckens berührte und die alten Gebete sprach. Ihre Stimme war ruhig und melodisch, doch in ihrem Herzen brannte die Sehnsucht wie ein ungestilltes Feuer.

In der Dunkelheit ihres Inneren sah sie Kha – seinen festen Blick, seine von der Sonne gezeichneten Züge, seine starken Hände, die den Stein formten und sein Lächeln, das Wärme in ihr Herz trug. Der Gedanke an ihn war zugleich Trost und Qual, ein Klang, der sie durch den Tag trug und zugleich einen schmerzlichen Stich in ihr Herz setzte.

Unbewusst fasste sie das Anch um ihren Hals und hielt es fest, als könnte es die Entfernung zwischen ihnen überbrücken. „Denkst du auch an mich, Kha?", flüsterte sie leise, ihre Worte nur für das Wasser bestimmt.

Neferet spürte ein weiches Streifen an ihrem Bein und als sie hinabsah, begegneten ihr die leuchtenden grünen Augen von Seshat.

Ihre Katze sah sie an, als verstünde sie ihren Schmerz und rieb ihren Kopf sanft gegen Neferets Bein. Ein schwaches Lächeln huschte über Neferets Gesicht, während sie sich niederbeugte und das weiche Fell der Katze streichelte. „Du spürst es, nicht wahr?", flüsterte sie.

Seshat schnurrte leise und für einen Augenblick fühlte Neferet eine Spur von Trost – als ob die Göttin durch die Katze zu ihr sprach. Diese Liebe, so verboten sie auch war, fühlte sich so richtig an, so unabwendbar wie die Sterne, die Nacht für Nacht den Himmel schmückten.

Als die Sonne ihren höchsten Punkt erreichte, legte Kha seine Werkzeuge zur Seite. Die kurze Zeit der Ruhe brachte keine Erleichterung, sondern eine wachsende Sehnsucht. Er setzte sich in den Schatten eines großen Felsens, legte eine Hand auf das Anch, das an einem Lederriemen um seinen Hals hing und umschloss es fest, als würde es ihm die Nähe schenken, die er so sehr vermisste. Das Symbol fühlte sich glatt und vertraut an und in seinem Herzen glühte die Gewissheit, dass Neferet dasselbe Zeichen trug.

„Was macht sie gerade?“, fragte er sich, sein Blick auf den flimmernden Horizont gerichtet. In seiner Vorstellung sah er sie am Altar, ihre Hände über die heiligen Symbole gleiten, die Stimme ruhig, aber ihr Herz unruhig. Der Gedanke, dass sie denselben Schmerz der Trennung empfand, gab ihm Kraft und stürzte ihn zugleich in eine tiefe Schwermut. Er lehnte den Kopf an einen Stein, schloss die Augen und spürte für einen Augenblick, als sei sie ganz nah, ihr Atem warm auf seiner Haut.

Als der Abend hereinbrach und die Wüste sich in weiches Licht hüllte, fanden ihre Gedanken erneut zueinander. Kha spürte die Müdigkeit in seinen Gliedern, doch er legte seine Werkzeuge nicht aus der Hand. „Nur noch ein wenig länger“, sprach er zu sich selbst. „Jeder Schlag bringt mich dir näher.“

Gleichzeitig stand Neferet an einem Fenster des Tempels, den Blick in die Ferne gerichtet. Der Himmel war ein leuchtendes Gemisch aus Rot und Purpur und sie stellte sich vor, wie Kha in derselben Dämmerung stand, den Staub von seiner Arbeit abklopfte und vielleicht auch in die Ferne sah – zu ihr.

In der Nacht kehrte Kha zur Baustelle zurück, wo die letzten Arbeiter bereits ihre Werkzeuge niedergelegt hatten. Er setzte sich auf das trockene, warme Gestein, das noch die Wärme der Sonne speicherte und wartete.

Seine Augen suchten den Horizont, seine Gedanken waren erfüllt von einer einzigen Hoffnung. Er hielt das Anch fest in der Hand, als wäre es die Brücke zwischen seinen und Neferets Gedanken.

Der Himmel war übersät mit Sternen und jeder von ihnen schien ihm eine leise Botschaft zu senden: „Bleib stark." Seine Gedanken formten Worte, die er nicht auszusprechen wagte: „Neferet, du bist mein Stern."

Plötzlich, in der Stille der Nacht, hörte er leise Schritte. Sein Herz schlug schneller und er wandte den Blick zur Richtung des Geräuschs. Zwischen den Schatten der Felsen erschien Neferet, ihr Gesicht vom Mondlicht erhellt, ihre Bewegungen leise und zielgerichtet.

Kha erhob sich, seine Stimme war ein Flüstern, das nur für sie bestimmt war: „Neferet ... du bist gekommen." Sie lächelte, die Erleichterung und Freude in ihrem Blick deutlich, als sie näher trat. „Ich konnte nicht anders", flüsterte sie, ihre Hände fanden den Weg zu seinen.

Für einen Augenblick bestand nur die Nähe des anderen, während die Sterne über ihnen funkelten wie stumme Zeugen ihrer Liebe.

## X

## DIE ERSTE STADT

Die Nacht war still, nur die Sterne und der Mond erhellten die Baustelle. Zwischen den gewaltigen Steinblöcken saßen Kha und Neferet beisammen, ihre Stimmen leise, doch eindringlich, als sie einander in die Augen sahen.

„Ich habe wieder von einer Stadt geträumt", begann Neferet.

„Die Erste Stadt war anders als alles, was wir kennen", sprach Neferet weiter, ihre Stimme leise, aber voller Ehrfurcht. „Es war, als wäre sie aus einem Traum geboren, eine Schöpfung der Götter selbst. Ihre Mauern waren aus poliertem Stein und Gold, das das Licht der Sonne einfing und in allen Farben des Regenbogens widerspiegelte."

Kha nickte langsam, seine Stirn in Falten gelegt. „Auch ich habe von ihr geträumt. Sie war nicht wie Ur oder eine der Städte, die wir kennen. Sie war ... der Anfang von allem."

„Die Straßen waren breit und eben", fügte Neferet hinzu, „mit glatten Steinen ausgelegt, die wie Gold im Licht der untergehenden Sonne glänzten. In den Gassen standen Bäume, die nicht nur Schatten spendeten, sondern süßen Duft verströmten. Es war, als ob die Natur und die Stadt in vollkommener Einigkeit lebten."

Neferet schloss die Augen, als ob sie die Bilder erneut vor sich sah. „In der Mitte der Stadt erhob sich ein Tempel, so hoch, dass seine Spitze den Himmel zu berühren schien. Er war aus einem weißen Stein gebaut, der wie flüssiges Licht wirkte und in seinem Inneren brannte die Flamme – das Geschenk der Götter. Ihre Wärme erfüllte die Luft und ihr Licht war so stark, dass es die Dunkelheit verdrängte, selbst in der tiefsten Nacht."

„Doch es war nicht nur die Stadt selbst, die sie besonders machte", sprach Kha, seine Stimme weicher. „Es waren die Menschen, die dort lebten. Sie waren friedlich, voller Güte und ohne Zwietracht. Es gab keinen Neid, keine Missgunst. Jeder sah den anderen als Teil eines größeren Ganzen, als Teil des Lebens, das die Götter geschenkt hatten."

„Die Menschen arbeiteten zusammen", führte Neferet seine Gedanken weiter, „sie teilten, was sie hatten, ohne Furcht, ohne Gier. Ihre Hände erschufen, was die Stadt brauchte und sie nahmen nur so viel, wie sie selbst brauchten. Es war, als ob die Götter selbst ihre Herzen gelenkt hätten."

„Die Märkte", ergänzte Kha, „waren keine Orte des Handels im herkömmlichen Sinne. Sie waren ein Ort des Gebens, ein Ort, an dem sich die Menschen trafen, lachten, tanzten und ihre Gemeinschaft lebendig werden ließen. Es gab kein ‚Mein' oder ‚Dein' – es gab nur ‚Unser'".

„Selbst ihre Häuser", sagte Neferet, „spiegelten diese Einigkeit wider. Sie waren schlicht, aber voller Schönheit, mit Blumen und Mustern geschmückt, die die Dankbarkeit für das Leben und die Götter ausdrückten.“

„Und die Kinder“, fügte Kha hinzu, seine Augen leuchteten bei der Erinnerung an den Traum. „Sie spielten frei, ohne Angst, ohne Streit. Es gab keinen Unterschied zwischen ihnen – sie waren alle Teil derselben Familie, der Familie der Ersten Stadt.“

Neferet hob den Kopf und ihre Augen glänzten im Sternenlicht. „Es war ein Ort des Friedens, Kha. Ein Ort, an dem die Menschen wirklich verstanden hatten, was es bedeutet, im Gleichgewicht zu leben – nicht nur mit der Natur, sondern auch miteinander.“

„Aber es war auch ein zerbrechlicher Ort“, fuhr Kha leise fort. „Denn Einigkeit kann nicht ohne Pflege bestehen. Die Menschen lebten im Licht der Flamme, aber sie vergaßen, dass dieses Licht genährt werden musste.“

„Du warst der Hüter der Flamme“, begann Neferet, ihre Stimme ehrfürchtig. „Die Stadt war dein Zuhause, aber sie war auch mehr als das. Sie war der erste Ort, an dem Menschen und Götter zusammenlebten. Alles, was die Menschen taten, war mit den Göttern verbunden – jede Ernte, jedes Bauwerk, jeder Atemzug. Und im Mittelpunkt der Stadt brannte die Flamme, ein Geschenk der Götter selbst.“

Kha nickte leicht, bevor seine Stimme Neferets Traum fortführte. „Und du warst die Wächterin der Natur, jenseits der Mauern. Deine Aufgabe war es, die Verbindung zwischen der Stadt und der Welt, die sie nährte, zu bewahren. Ohne dich hätten die Flüsse versiegen und die Wälder sterben können. Du warst die Stimme der Götter, wenn sie zu den Menschen sprachen.“

„Ich erinnere mich“, hauchte Neferet leise, „wie du vor der Flamme standest. Sie war lebendig, stärker als alles, was ich je gesehen habe. Sie leuchtete nicht nur, sie sang, als ob sie eine eigene Stimme hätte. Und du hast sie genährt, Tag für Tag, mit einer Hingabe, die ich bewunderte.“

„Und ich erinnere mich“, ergänzte Kha, „wie du in die Stadt kamst, dein Haar vom Licht der Götter berührt, dein Gewand noch vom Duft der Wälder durchzogen. Die Menschen sahen dich an, aber sie verstanden nicht, wer du warst. Ich aber … ich sah es.“

„Doch dann begann sich etwas zu ändern“, fuhr Neferet fort, ihre Stimme wurde ernster. „Es war schleichend, fast unsichtbar. Einige Menschen begannen, mehr zu nehmen, als sie brauchten. Sie sagten, es sei für ihre Kinder, für die Sicherheit der Zukunft. Doch in Wahrheit wollten sie mehr für sich selbst. Sie bauten größere Häuser, sammelten mehr Vorräte und langsam wuchs in ihnen der Gedanke, dass sie besser sein könnten als die anderen.“

„Das Gleichgewicht begann zu wanken“, fuhr Kha fort. „Die Flamme, die einst hell und ruhig brannte, flackerte leicht, als ob sie den ersten Hauch von Unruhe spürte. Doch die Menschen bemerkten es nicht. Sie sahen nur, dass es diejenigen gab, die mehr hatten und das weckte in ihnen das Verlangen, ebenfalls mehr zu besitzen. Der Geist des Teilens, der die Stadt so lange genährt hatte, begann zu verblassen.“

„Und so nahmen sie“, führte Neferet den Gedanken fort, „mehr Bäume aus den Wäldern, mehr Wasser aus den Flüssen. Sie sagten, es sei ihr Recht, denn die Götter hätten ihnen die Welt gegeben. Sie sagten, die Flamme würde sie schützen, was auch immer sie täten. Doch sie verstanden nicht, dass die Flamme nicht ewig brennen konnte, wenn sie das Gleichgewicht zerstörten."

Kha nickte, seine Stimme wurde leiser. „Die Stadt war noch immer schön, noch immer ein Wunder. Doch in den Herzen der Menschen begann ein Schatten zu wachsen – ein Schatten, den sie nicht sehen wollten."

„Ich habe die Priester gewarnt", sagte Neferet, ihre Stimme fester. „Ich habe ihnen gesagt, dass die Menschen zu viel nahmen – zu viel Land, zu viel Wasser, zu viele Bäume. Aber sie haben mich nicht gehört. Sie sagten, die Götter würden sie immer beschützen, was auch immer sie täten."

„Und ich habe gesehen", schloss Kha sich ihr an, „wie die Flamme schwächer wurde. Sie war das Herz der Stadt und doch bemerkte niemand außer dir und mir, dass sie litt. Die Menschen brachten Opfer, als könnten sie die Flamme bestechen, aber sie verstanden nicht, dass sie ihr Leben neu ausrichten mussten, um das Gleichgewicht zu wahren."

„Die Flüsse begannen zu versiegen", flüsterte Neferet, ihre Augen glänzten im schwachen Licht. „Wälder verschwanden, Tiere flohen, Felder verdorrten. Die Menschen fielen übereinander her, um die letzten Reste des Reichtums zu sichern. Sie kämpften um das Wenige, was übrig blieb und währenddessen forderten sie immer mehr."

„Ich habe gesehen, wie sie die letzten Bäume fällten", beklagte Kha weiter, seine Stimme von Bitterkeit erfüllt. „Wie sie tiefe Gruben in die Erde rissen, um nach Gold zu suchen. Sie nahmen die Schätze der Natur, um ihre Häuser und Tempel zu schmücken und sie merkten nicht, dass sie dabei ihre Zukunft zerstörten.“

# XI

## DAS GESCHENK DER GÖTTER

„Und dann", setzte Neferet leise erneut an, ihre Stimme kaum mehr als ein Flüstern, „kam der Tag, an dem die Flamme erlosch. Du warst allein im Tempel, kniend vor dem leeren Altar. Ich war draußen, meine Hände in der Erde, die Götter um Hilfe bittend. Aber sie blieben stumm. Nicht aus Zorn – sondern weil sie den Menschen die Wahl gelassen hatten."

Ihre Augen suchten den Himmel, als könnte sie die stummen Götter darin erkennen und für einen Augenblick schien die Welt in der Erinnerung zu verharren.

Kha ließ seinen Blick in die Weite der Wüste gleiten. „Die Stadt starb langsam", bekräftigte er, seine Stimme voller Schwermut. „Die Menschen verließen sie, einer nach dem anderen. Die Mauern, die einst in den Himmel ragten, verfielen allmählich, die Straßen, die von Leben erfüllt waren, wurden vom Sand verschluckt. Und wir blieben zurück – um zu verstehen, warum."

Ein Schweigen legte sich zwischen sie, erfüllt von der unausgesprochenen Tragödie. Neferet atmete tief ein, ihre Hände zitterten leicht, als sie fortfuhr. „Als die Götter sahen, wie das Gleichgewicht zerbrach und die Flamme schwächer wurde, wandten sie sich an die einzigen, die noch verstanden hatten, was Einigkeit bedeutete."

Ihre Augen ruhten auf Kha und ihre Stimme wurde fester, von einer tiefen Überzeugung getragen. „Sie sahen in dir, dem Hüter der Flamme, und in mir, der Wächterin der Natur, jene Seelen, die nicht von Gier oder Verlangen erfüllt waren. Sie sahen, dass wir das Gleichgewicht bewahren wollten, auch als alle anderen es vergaßen."

„Und so machten sie uns ein Geschenk", griff Kha ihren Gedanken auf, seine Stimme fester, durchdrungen von der Schwere dieses Augenblicks.

Wie von einer unsichtbaren Kraft geführt, sprachen Kha und Neferet zugleich, ihre Stimmen verschmolzen zu einer einzigen: „Die Götter gaben uns unsterbliche Seelen – ein Band, das stärker ist als Zeit und Tod. Sie sagten, dass unsere Seelen für immer aneinander gebunden sind, zwei Hälften eines Ganzen, geschaffen, um niemals getrennt zu sein. Wann immer das Gleichgewicht der Welt ins Wanken gerät, werden wir zurückkehren, nicht aus Strafe, sondern aus einer höheren Bestimmung. Unsere Verbindung ist Teil eines göttlichen Plans, um das Gleichgewicht zu bewahren – gemeinsam, in jedem Zeitalter, für alle Ewigkeit."

Neferet spürte, wie sich ihr Herz bei diesen Worten zusammenzog, die Erinnerung an das Geschenk der Götter war zugleich ein Segen und eine Last. Sie legte eine Hand auf das goldene Anch an ihrem Hals, dessen Oberfläche im Sternenlicht schimmerte. „Doch dieses Geschenk war nicht allein unsere unsterbliche Seele." Ihre Stimme war leise, aber bestimmt. „Die Götter gaben uns ihre Zeichen, damit wir einander erkennen mögen.“

Kha nickte, sein Blick voller Ernst. „Sie gaben dir, der Wächterin der Natur, und mir, dem Hüter der Flamme, Male, die uns auszeichnen und uns miteinander verbinden. Sie sind in die Form des Anch gezeichnet und tragen die Kraft der Götter selbst. Wenn wir einander erstmals begegnen, beginnen diese Male zu leuchten, als riefen die Götter ihre Schöpfung in Erinnerung.“

Neferet schloss die Augen, als spüre sie das Leuchten tief in sich. „Die Male sind nicht nur Zeichen“, sagte sie leise. „Sie sind ein Beweis unserer Aufgabe, ein Band, das selbst durch den Tod nicht zerschnitten werden kann. In jedem Zeitalter werden wir sie tragen und durch sie werden wir einander finden.“

Kha griff nach ihrer Hand und seine Berührung war warm, tröstlich. „Ich erinnere mich, wie ich zu dir sprach, als alles verloren schien“, erklärte er ihr leise. „Ich habe gesagt: ‚Das Gleichgewicht ist verloren, aber wir haben nicht versagt. Die Götter haben uns eine Aufgabe gegeben.‘ Und du hast geantwortet, …“

„…, dass wir immer wiederkehren würden“, beendete sie seinen Gedanken. Ihre Stimme zitterte, doch sie hielt seinem Blick stand. „Wir würden immer zurückkommen, um die Flamme am Leben zu halten. Sie haben uns dieses Geschenk gemacht, weil sie wissen, dass wir das Gleichgewicht bewahren können – gemeinsam.“ Ihre andere Hand schloss sich um das goldene Anch, das wie eine stille Verbindung zwischen Vergangenheit und Gegenwart schien.

„Die Flamme war mehr als nur ein Licht", sagte Kha, seine Stimme voller Ehrfurcht. „Sie war das Geschenk der Götter, das uns gezeigt hat, dass Liebe und Einigkeit die Grundlage allen Lebens sind. Sie hat uns daran erinnert, dass das Gleichgewicht nicht erzwungen werden kann – es muss genährt, gepflegt und mit Hingabe erhalten werden."

Neferet lächelte leicht und Tränen sammelten sich in ihren Augen. „Und dieses Geschenk", offenbarte sie, ihre Worte klar und bestimmt, „wird niemals erlöschen." „Nicht, solange wir es bewahren – in jedem Leben, in jeder Zeit."

Das goldene Anch in ihrer Hand glühte sanft im Sternenlicht, ein Leuchten, das sich mit dem ihrer Augen verband. Für einen Augenblick schien die Wüste selbst zu atmen, erfüllt von einem leisen, ewigen Flüstern. Es war, als würde die Erde selbst die Geschichte der Ersten Stadt und der Götter, die sie erschaffen hatten, erzählen. Und in diesem Flüstern lag eine Gewissheit: Die Flamme würde niemals gänzlich erlöschen, solange es Seelen wie ihre gab, die bereit waren, sie zu nähren.

# XII

## DIE GEFÄHRDUNG DER MAAT

Obwohl Pharao Mentuhotep über die Einhaltung der Maat, der göttlichen Ordnung, wachte und das Reich im Frieden geeint schien, lag ein schleichender Schatten über Ägypten. Der Nil, die Lebensader des Landes, hatte in den letzten Jahren unregelmäßige Fluten gebracht. Manchmal überschwemmte er die Felder so stark, dass die Ernten zerstört wurden, in anderen Jahren blieb das Wasser aus, was Hunger und Unmut hervorrief.

Bauern klagten über die versiegenden Felder, doch ihre Bitten fanden bei den Imi-ra und den Priestern wenig Gehör. Stattdessen wurden sie gezwungen, Abgaben zu leisten, die sie kaum noch tragen konnten.

Neferet hatte von ihrer Mutter Nefertari gelernt, dass die Maat nicht nur eine göttliche Ordnung war, sondern auch ein Prinzip des Gebens und Nehmens – zwischen Menschen, Göttern und der Natur.

Doch sie bemerkte, dass dieses Prinzip immer öfter missachtet wurde. An den Höfen der Imi-ra und Priester war Überfluss sichtbar, während die einfachen Menschen litten.

Die wenigen Gehölze entlang des Nils, die einst Schatten und Fruchtbarkeit spendeten, wurden zunehmend gefällt, um den Bedarf an Holz für die Bauarbeiten und den Schiffsbau zu decken – ein Opfer an den unermüdlichen Drang, Monumente aus Stein zu errichten.

Und in den Augen derjenigen, die über das Land herrschten, spiegelten sich Gier und Selbstgefälligkeit – ein leiser Verrat an der Maat, der tiefer wog als jedes sichtbare Vergehen.

In stillen Nächten, wenn der Tempel leer war und die Sterne über Theben funkelten, saß Neferet oft allein in der Halle der Isis. Sie blickte auf die Statue der Göttin, deren Gesicht ungerührt und majestätisch blieb, als würde sie das Ungleichgewicht schweigend beobachten. „Ist das die Ordnung, die du wünschst?", flüsterte Neferet eines Nachts. Ihre Worte hallten leise wider, aber keine Antwort kam, nur die Stille des Tempels, die schwerer wog als jede Last, die sie je getragen hatte.

Auch Kha spürte diese Unruhe. Während er an den gewaltigen Steinen arbeitete, die das ewige Grab des Pharaos formen sollten, fiel ihm die spröde Beschaffenheit der Steine auf. Es war, als ob das Gestein die Last einer aus dem Gleichgewicht geratenen Welt tragen sollte.

Manchmal blieb er stehen, seinen Meißel in der Hand und lauschte. Ein leises Knirschen und Ächzen schien aus den tiefen Grundmauern zu kommen, wie ein Klagelied der Erde. „Vielleicht", so dachte er, „können die Steine fühlen, was die Menschen missachten – das Gleichgewicht ist verloren."

Doch während im Außen die Zeichen des Verfalls zugenommen hatten, wurde die ewige Verbindung im Inneren der Beiden immer stärker. Ihre Liebe war nicht nur eine Bindung, sondern ein Band, das ihre Seelen unauflöslich vereinte und sie weit über sich selbst hinaushob.

Als Neferet in stillen Stunden das goldene Anch um ihren Hals berührte, spürte sie, dass diese Verbindung von den Göttern selbst gesegnet war. Und wenn Kha sein eigenes Anch betrachtete, erinnerte es ihn an die Worte seines Vaters, der ihn gelehrt hatte, dass das Symbol nicht nur für das Leben stehe, sondern auch für die Verantwortung, es zu bewahren.

Doch diese Liebe, so rein sie auch war, wurde zum Gegenstand menschlicher Urteile. Priester und Staatsdiener, die sich um die Aufrechterhaltung ihrer Macht sorgten, begannen, sie mit Argwohn zu betrachten.

Kha und Neferet spürten den Druck, der auf ihnen lastete, doch sie wussten, dass ihre Verbindung mehr war als eine gewöhnliche Zuneigung. Sie war ein Band, das die Maat selbst widerspiegelte. In ihrem Innersten hatten sie die tiefe Gewissheit, dass ihre Liebe das letzte Licht in einer Welt war, die immer weiter ins Ungleichgewicht glitt.

Neferet dachte oft an die Worte ihrer Mutter, die sie gelehrt hatte, dass die Maat wie ein zartes Gewebe sei, das alles miteinander verbindet. „Wenn dieses Gewebe zerreißt", hatte Nefertari gesagt, „wird die Welt nicht sofort auseinanderfallen. Doch mit jedem Tag, an dem die Ordnung nicht wiederhergestellt wird, löst sich ein weiterer Faden, bis nichts mehr übrig bleibt."

Jetzt, da sie die Schwächen in diesem Gewebe erkannte, fragte sie sich, ob sie und Kha dazu bestimmt waren, es zu stärken – oder ob es bereits zu weit aufgelöst war.

Währenddessen fragte sich Kha, ob die Welt bereit war, das Gleichgewicht wiederzufinden. Und tief in seinem Herzen wusste er, dass er und Neferet nicht nur für sich selbst kämpften, sondern für die Hoffnung, dass die Flamme der Maat noch einmal hell aufleuchten könnte.

# XIII

## GEFÄHRLICHE BEOBACHTUNGEN

Die Sonne neigte sich langsam dem Horizont entgegen und die Schatten der Baustelle wurden länger. Die Arbeiter schwitzten und ächzten unter der Last des Tages, doch einer von ihnen – ein drahtiger Mann mit durchdringenden und misstrauischen Augen, bekannt als Sethek – richtete seine Aufmerksamkeit weniger auf die Steine, sondern vielmehr auf das Treiben, das sich um ihn herum abspielte.

Sein Blick kehrte immer wieder zu Kha und Neferet zurück. Er beobachtete, wie ihre Wege sich wie zufällig kreuzten, wie ihre Blicke sich trafen und wie ein Lächeln, so flüchtig wie das Licht der untergehenden Sonne, zwischen ihnen aufblitzte. Für Sethek war nichts an diesen Begegnungen zufällig. Er hatte bemerkt, wie Neferet länger als nötig an der Baustelle verweilte, wie sie sich in der Nähe von Kha aufhielt, als wäre er der eigentliche Grund ihrer Anwesenheit. Und Kha, der sonst so in seine Arbeit vertieft war, ließ seinen Blick immer wieder verstohlen in ihre Richtung wandern.

„Warum ist sie überhaupt hier?“, murmelte Sethek leise, während er einen schweren Steinblock zurechtrückte. Seine Stimme war von einem scharfen Unterton durchzogen. „Eine Hohepriesterin hat keinen Grund, sich unter uns Arbeitern aufzuhalten.“

Neben ihm stand Hapu, ein jüngerer Mann mit einer freundlichen, aber vorsichtigen Art, der inne hielt und die Stirn runzelte. „Vielleicht segnet sie die Baustelle“, sagte er zögernd. „Oder vielleicht beobachten die Priester, ob alles nach dem Willen der Götter verläuft.“

Doch Sethek schüttelte den Kopf und seine Lippen verzogen sich zu einem gefährlichen Lächeln. „Segnungen dauern keine Stunden“, zischte er, während er sich den Schweiß von seiner Stirn wischte. „Und ich habe gesehen, wie sie mit Kha spricht. Glaubst du, es ist Zufall, dass sie immer in seiner Nähe ist? Sie denkt, wir bemerken es nicht, aber ich sehe alles.“

Hapu blickte ungläubig zu Neferet hinüber, deren Anmut und Würde sie wie eine Erscheinung aus den Erzählungen der Götter zwischen den staubigen Arbeitern schweben ließ. „Sethek, du solltest dich hüten“, sagte er leise, seine Stimme fast flehend. „Das sind Dinge, die uns nichts angehen.“

„Die Aufseher würden es wissen wollen!“ fiel Sethek ihm scharf ins Wort, seine Stimme nun ein gefährliches Flüstern. Seine Augen funkelten vor einer Mischung aus Ehrgeiz und Verachtung. „Wenn sie gegen die Regeln der Götter verstößt, ist das nicht nur ihre Schande – es könnte uns alle treffen. Die Götter strafen nicht nur die Sünder, sondern alle, die schweigen.“

Ein Schatten fiel über Sethek, als Neferet sich plötzlich umdrehte. Ihre Augen suchten die Umgebung ab und für einen endlosen Augenblick schien es, als hätten sie sich direkt in seine gebohrt. Er hielt den Atem an und sein Herz schlug schneller. War es möglich, dass sie seine Gedanken erraten hatte? Doch als ihr Blick weiterwanderte, kehrte sein Mut zurück – und mit ihm seine Entschlossenheit.

Er würde den Aufsehern berichten, was er gesehen hatte – oder was er zu sehen glaubte. Denn er wusste, dies war nicht nur eine Frage von Pflicht und Glaube. Es war die Gelegenheit, sich aus dem Staub der Baustelle zu erheben.

Sethek trug den Groll eines Mannes, der sich von den Göttern übersehen fühlte, ein Funke des Neides, genährt von den Geschichten über Helden, die Ruhm und Ehre erlangten. Er wollte nicht länger ein Schatten im Staub der Monumente sein. Der Staub, die Hitze und die harte Arbeit des Alltags schienen für ihn wie Fesseln, die ihn an einen Ort banden, an dem er sich unter all den anderen kaum behaupten konnte.

Tief in seinem Inneren brannte ein Ehrgeiz, der nur darauf wartete, entfesselt zu werden. Er wusste, dass er aus dieser Welt entkommen könnte, wenn sich ihm nur die richtige Gelegenheit bot – und die Verbindung zwischen Kha und der Hohepriesterin Neferet schien genau das zu sein, worauf er gewartet hatte.

Er beobachtete die beiden, seine Augen zu Schlitzen verengt. In seinem Inneren tobte ein Sturm aus Neid und Ehrgeiz – er hatte stets die strikte Ordnung der Götter verehrt. Der Gedanke, dass jemand sie infrage stellen könnte, erfüllte ihn mit einer Mischung aus Zorn und eifersüchtiger Angst.

Jeder verstohlene Blick, jedes Lächeln, das sie miteinander teilten, schürten seinen Argwohn und gaben seinem Vorhaben neue Kraft. Ihm wurde deutlich, dass dies ein Ereignis war, das die Mächtigen wissen sollten – und es könnte genau die Gelegenheit sein, sich aus den Reihen der Arbeiter zu erheben und eine neue Stellung einzunehmen. Eine Stellung, in der er Macht hatte, in der er geachtet wurde. Die Mächtigen des Palastes belohnten jene, die Treue bewiesen und die Ordnung aufrechterhielten.

## XIV

## DER VERRAT

In der nächsten Nacht fasste Sethek einen Entschluss. Als die Sonne untergegangen war und die Baustelle in der Dunkelheit versank, zog er sich zurück, während die anderen Arbeiter um ein kleines Feuer saßen, ihre Mahlzeit aßen und über den Tag klagten. Sethek jedoch machte sich leise auf den Weg. Er machte sich möglichst klein, um nicht aufzufallen.

Auf der Baustelle gab es einen Bereich, in dem die Bauleiter, Architekten und Vorarbeiter ihre Beratungen abhielten – und dort fand Sethek, wen er suchte: Ineni, der als Imi-ra kat für die Überwachung der Arbeiten und die Einhaltung der Ordnung auf der Baustelle verantwortlich war.

Sethek wusste, dass er mit Vorsicht vorgehen musste. Ineni war ein Mann, dessen Ergebenheit den Göttern und dem Pharao galt. Ein Mann, der bereits unzählige Arbeiter für ihre Mängel und Fehler bestraft hatte und der niemals eine Unregelmäßigkeit duldete.

Der Imi-ra kat war für seine Strenge bekannt und das machte ihn zum passenden Werkzeug für Setheks Plan.

Inenis Pflichtbewusstsein war unerschütterlich und genau das wollte Sethek für seine Zwecke ausnutzen.

Er klopfte an die schwere Holztür, sein Herz schlug schneller, doch seine Entschlossenheit blieb ungebrochen. Ein gedämpftes „Herein" erklang und Sethek trat ein. Der Raum war spärlich eingerichtet, nur ein einfacher Tisch, auf dem Papyrusrollen, Wachstafeln und Tonkrüge lagen. Ein schwacher Duft von getrocknetem Schilf und Öl lag in der Luft.

„Was willst du hier, Arbeiter?" fragte Ineni herrisch, ohne eine Spur von Freundlichkeit. Sethek senkte seinen Kopf, nahm eine unterwürfige Haltung ein, doch seine Stimme war fest.

„Verzeiht, Herr. Ich habe etwas gesehen, das von Bedeutung sein könnte", begann er, seine Augen auf den Boden gerichtet. „Etwas, das ich nicht verschweigen kann, weil es die Maat und die Gesetze des Pharaos betrifft."

Ineni lehnte sich zurück, seine Augen wurden schmal und er musterte Sethek. „Sprich", sagte er, die Neugier in seiner Stimme kaum zu verbergen. Sethek hob den Kopf ein wenig, seine Stimme wurde zu einem geflüsterten Bekenntnis, als ob er eine schwere Last teilen würde.

„Es geht um die Hohepriesterin Neferet und einen der Arbeiter, Kha. Ich habe beobachtet, wie sie oft miteinander sprechen, wie ihre Blicke sich treffen ... Es scheint mehr zu sein, Herr, als es sein sollte. Ich habe gesehen, wie sie länger bleibt, wie sie ihn ansieht. Es ist, als wäre zwischen ihnen eine Verbindung, die nicht sein dürfte."

Inenis Augen verengten sich weiter und seine Finger klopften langsam auf den Tisch. „Du behauptest schwere Dinge, Arbeiter. Hast du Beweise für das, was du sagst?"

Sethek nickte, seine Stimme blieb gefasst. „Ich habe nichts anderes als meine Augen, Herr. Doch wenn ihr selbst beobachtet, werdet ihr sehen, dass meine Worte wahr sind. Ich bringe dies nur zur Sprache, weil ich die Gesetze achte, weil ich ergeben bin und weil ich weiß, dass der Zorn der Götter uns alle treffen wird, wenn eine Hohepriesterin ihren Schwur bricht.“

Der Raum wurde still, das leise Knistern der Öllampe das einzige Geräusch. Ineni stand langsam auf, seine Augen fest auf Sethek gerichtet. „Gut“, sagte er schließlich, seine Stimme kalt. „Wenn das, was du sagst, wahr ist, wird dies Folgen haben – für die Priesterin und für den Arbeiter. Geh jetzt und halte den Mund über das, was du mir gesagt hast. Wenn sich deine Behauptungen als Lüge herausstellen, werde ich dafür sorgen, dass du den Preis dafür zahlst.“

Seine Stimme war kalt und unbarmherzig und ein Schatten huschte über sein Gesicht, als er hinzufügte: „Du weißt, was denen widerfährt, die die Obrigkeit belügen. Das Herausreißen der Zunge ist nicht nur eine Strafe, sondern eine Warnung für alle, die es wagen, die Wahrheit zu verdrehen.“

Inenis Worte ließen die Luft um sie herum gefrieren. Sethek schluckte schwer und verbeugte sich tief, seine Lippen zu einem unterwürfigen Lächeln verzogen. „Ja Herr, ich danke euch, Herr“, sagte er hastig und nickte dabei. Sein Blick flackerte unruhig und er drehte sich eilig um, als wolle er der erdrückenden Macht des Bauleiters und den drohenden Folgen so schnell wie möglich entkommen. Sein Herz schlug vor Aufregung schneller, denn dies war seine Gelegenheit, der Last seines bisherigen Lebens zu entfliehen und eine neue Stellung einzunehmen. Sethek wusste, dass dies der Beginn seiner eigenen Erhebung war – ungeachtet der Opfer, die er dafür bringen musste.

## XV

## LIEBE IM SCHATTEN DER GEFAHR

Die nächsten Treffen von Kha und Neferet wurden noch intensiver, so als wüssten sie, dass ihre Zeit begrenzt war. Sie teilten nicht nur Berührungen und Blicke, sondern auch Worte, die ihre Herzen nackt und verletzlich machten. In den späten Stunden, während die Wüste in Dunkelheit gehüllt war, erzählten sie einander von ihren Hoffnungen und Träumen – von einer Zukunft, die sie sich gemeinsam wünschten, obwohl sie wussten, dass sie unerreichbar war.

„Ich träume manchmal davon, fernab von hier ein einfaches Leben als Bauer zu fuhren", gestand Kha eines Nachts, seine Stimme war kaum mehr als ein Flüstern. „Ein Leben, in dem wir uns keine Sorgen um die Blicke der anderen machen müssen. Ich würde für uns beide sorgen, Neferet. Wir hätten ein Haus, weit weg von all dem hier. Ich könnte sehen, wie du lachst, frei von jeder Sorge."

Neferet legte ihre Hand sanft an seine Wange, Tränen standen in ihren Augen. „Ein solches Leben klingt wie ein Traum, Kha. Aber ich bin gebunden – an den Tempel, an die Götter. Doch wenn ich die Wahl hätte, würde ich jeden Augenblick meines Lebens mit dir verbringen." Ihre Stimme brach und sie beugte sich vor, um ihn zu küssen. „Vielleicht in einem anderen Leben …"

Kha schloss die Augen und erwiderte ihren Kuss, als wollte er die Worte, die unausgesprochen blieben, mit seinem Herzen aufnehmen.

„Vielleicht", flüsterte er schließlich, „vielleicht finden unsere Seelen eine andere Zeit, einen anderen Ort." „Aber wir sind hier und jetzt – ich will dich nicht verlieren."

Die Nächte, die sie zusammen verbrachten, wurden ihre Zuflucht, doch auch das Bewusstsein, dass ihre Liebe niemals ohne Folgen bleiben würde, wuchs in ihnen. In einer dieser dunklen Stunden sahen sie die ersten Zeichen der Gefahr. Die Bewegungen der Wachen wirkten wachsamer, die Schatten, die sie beobachteten, rückten näher. Jedes Treffen barg die Gefahr, dass es ihr letztes sein könnte.

„Kha, ich fürchte mich", gestand Neferet in einer sternlosen Nacht, ihre Hände klammerten sich an seine Schultern, als wollte sie ihn niemals loslassen. „Ich spüre, dass unsere Zeit begrenzt ist. Sie beobachten mich im Tempel. Ich fürchte, sie wissen mehr, als sie sagen."

Kha zog sie fester in seine Arme, seine Augen glitzerten vor unterdrückter Wut und Furcht. „Dann werden wir fliehen", zeigte er sich entschlossen. „Ich werde dich fortbringen, irgendwohin, wo sie uns nicht finden. Wir werden uns nicht ergeben, Neferet. Ich schwöre es."

Neferet wusste, dass seine Worte wahr waren, dass Kha bereit war, alles zu riskieren, um sie zu retten. Doch sie wusste auch, dass die Mächte, die sich gegen sie stellten, übermächtig waren. Ihre Liebe wuchs, genau wie die

Schatten, die sie umgaben – und bald würden sie gezwungen sein, sich ihrem Schicksal zu stellen.

Unter dem Licht des Mondes tauschten sie einen letzten leidenschaftlichen Kuss, der all ihre Hoffnung und ihre Verzweiflung in sich trug. Es war ein Versprechen, ein Schwur, dass sie füreinander kämpfen würden – bis zum letzten Atemzug.

# XVI

## ENTHÜLLUNG UND SCHICKSAL

Ineni konnte die Angelegenheit nicht auf sich beruhen lassen. Das, was Sethek ihm berichtet hatte, konnte nicht unbeachtet bleiben. Wenn es der Wahrheit entsprach, dann stand weit mehr auf dem Spiel als nur eine verbotene Liebe – es ging um die Ordnung des Reiches, um die Ehre des Tempels und die Macht des Pharaos selbst. Ineni wusste, dass dies etwas war, das er nicht allein entscheiden konnte. Es war eine Angelegenheit, die die Aufmerksamkeit seines Vorgesetzten erforderte.

Noch in derselben Nacht trat Ineni vor den Tjati als höchsten Staatsdiener, einen Mann namens Dagi, dessen Urteil und Strenge in ganz Ägypten gefürchtet und geachtet waren. Dagi war ein hochgewachsener Mann, mit scharf geschnittenen Gesichtszügen und Augen, die stets zu wissen schienen, was im Inneren der Menschen vorging. Er war bekannt dafür, dass ihm keine Machenschaften entgingen und dass er jeden Missstand unerbittlich verfolgte.

Ineni berichtete alles, was er von Sethek erfahren hatte. Er beobachtete aufmerksam das Gesicht von Dagi, doch der oberste Staatsdiener zeigte keine Gefühlsregung. Der Tjati stand da, seine Hände hinter seinem Rücken verschränkt, während Ineni sprach und lauschte aufmerksam den Worten seines Untergebenen.

Als Ineni geendet hatte, blieb der Raum einen Augenblick lang still, bevor Dagi schließlich zum Sprechen ansetzte. Seine Stimme war tief, ruhig, aber seine Worte trugen eine Schärfe, die keinen Zweifel daran ließen, wie ernst er die Lage betrachtete.

„Ineni, solche Anschuldigungen gegen eine Hohepriesterin sind nicht leichtfertig zu machen. Doch sollten diese Behauptungen wahr sein, so würde dies nicht nur die Priesterin in Ungnade stürzen, sondern den gesamten Tempel in Verruf bringen. Wir dürfen nicht zögern. Wir werden dieser Sache nachgehen – und zwar sofort. Wenn die Götter zusehen, so soll unser Handeln in ihrem Sinne sein.“

Ineni nickte zustimmend, eine Spur von Erleichterung in seinem Gesicht. „Ja, Dagi. Wir werden die Wahrheit finden.“

Noch in derselben Nacht trafen Dagi und Ineni ihre Vorbereitungen. Eine Schar von Wachen wurde zusammengestellt, ihre Reihen mit Speeren, Fackeln und dem Chepesch bewaffnet – dem Schwert, dessen geschwungene Klinge sowohl Eleganz als auch den Tod ausstrahlte. Das Chepesch, ein Symbol ägyptischer Macht und Kriegsführung, schimmerte im flackernden Licht der Fackeln, ein stummer Vorbote der Entschlossenheit. Die Männer bewegten sich in gespannter Stille, ihre Schritte kaum hörbar auf dem sandigen Boden.

Sie sollten Kha und Neferet heimlich aufspüren – in einer trügerischen Sicherheit, wenn sie sich unbeobachtet und frei glaubten und ihren wahren Gefühlen nachgeben würden.

Die Wachen waren darauf vorbereitet, mit unerschütterlichem Einsatz einzugreifen. Jeder einzelne von ihnen spürte, dass diese Nacht nicht nur über das Schicksal zweier Menschen entscheiden würde, sondern auch über die Pflichten und Überzeugungen, die sie trugen.

Die Nacht war mondlos, die Dunkelheit ein Verbündeter für ihre Unternehmung. Dagi, Ineni und die Wachen bewegten sich mit bedächtigen Schritten durch die stillen, schmalen Pfade hin zur Baustelle. Die Fackeln waren gedämpft, gerade hell genug, um den Weg zu beleuchten, aber nicht so hell, dass sie von weitem sichtbar waren. Ihr Voranschreiten war entschlossen und von Spannung durchdrungen, jeder Schritt trug die Last dessen, was sie zu entdecken hofften.

Sie erreichten die Baustelle und Dagi hob eine Hand, um den Befehl zum Anhalten zu geben. Seine Augen durchbohrten die Dunkelheit, sein Blick wanderte über die Schatten, die sich um die unfertigen Mauern legten. Er gab Ineni ein kurzes Zeichen und dieser setzte sich langsam in Bewegung, die Wachen hinter ihm.

In der Ferne, bei den Steinquadern, die für den nächsten Tag vorbereitet wurden, sahen sie eine Bewegung. Ein Schatten, der sich an einen anderen schmiegte, zwei Gestalten, die im sanften Licht einer kleinen Lampe zu erkennen waren. Ineni hielt den Atem an und Dagi verengte die Augen, als er sah, was sich vor ihnen abspielte.

Kha und Neferet saßen dort, ihre Hände berührten sich und in ihren Augen lag eine unausgesprochene Zärtlichkeit. Ihre Gesichter waren einander zugewandt und es schien, als würde die Welt um sie herum verschwinden.

Dagi konnte ihre Blicke spüren und das Wissen um ihre verbotene Verbindung drang ihm schmerzhaft ins Bewusstsein. Er gab ein Zeichen und die Wachen stürmten vor. Ihre Rufe zerrissen die Stille der Nacht und die Fackeln erhellten die Dunkelheit plötzlich mit grellem Licht.

Kha fuhr herum und seine Augen weiteten sich vor Schreck, als er die bewaffneten Männer sah, die auf sie zustürmten. Neferet rang erschrocken nach Luft, ihre Hand klammerte sich an Khas Arm, als die Wachen sie umzingelten.

Dagi trat aus den Reihen der Wachen hervor, sein Blick kalt und unerbittlich. „Neferet, Hohepriesterin der Isis“, setzte er mahnend an, seine Stimme laut und fest, sodass sie über den Platz hallte, „du hast dich gegen die Gesetze des Pharaos vergangen.“

Neferet hob ihren Kopf, ihre Augen funkelten vor Trotz, auch wenn ihr Gesicht vor Angst erblasst war. „Ich habe nichts Falsches getan“, verteidigte sie sich, ihre Stimme bebte, aber sie war fest.

Dagi sah sie einen kurzen Augenblick lang an, dann wandte er sich an Kha. „Und du, Steinmetz, du hast dich über deinen Stand erhoben und eine Hohepriesterin für dich gewonnen. Dein Vergehen wird nicht ohne Folgen bleiben.“

Kha sah Dagi fest in die Augen, seine Furcht wich einer stillen Entschlossenheit. „Meine Liebe zu ihr ist kein Vergehen", sprach er leise, doch jeder konnte seine Worte hören. „Die Götter wissen, dass wir einander lieben."

Doch Dagi schüttelte nur den Kopf, seine Augen blieben kalt. „Die Götter haben Gesetze gegeben und durch euer Handeln habt ihr sie gebrochen. Beide werdet ihr dafür bestraft werden." Er machte eine knappe Bewegung und die Wachen griffen zu, zogen Kha von Neferet fort, die verzweifelt versuchte, ihn festzuhalten.

Ihre Schreie hallten durch die Nacht, während die Wachen Kha und Neferet gewaltsam auseinanderbrachten. Ihre Rufe und das Flackern der Fackeln waren das Einzige, was blieb.

# XVII

## DAS ENDE DER HEIMLICHEN NÄCHTE

Die Nacht war ungewöhnlich still und die Luft lag schwer über der Wüste. Kha und Neferet hatten sich wieder in der kleinen Senke nahe der Baustelle getroffen, doch heute war etwas anders. Eine Unruhe, ein Schatten, der sich wie eine Vorahnung über die beiden legte, störte die Stille. Sie saßen eng umschlungen, ihre Stimmen kaum mehr als Flüstern im Wind, als plötzlich ein leises Geräusch von Schritten die Nacht durchbrach.

Neferet erstarrte. „Hast du das gehört?" Ihre Augen weiteten sich, als das Geräusch näher kam. Es war kein Vogel, kein Tier der Wüste. Es waren schwere Schritte, vorsichtig, als wollte jemand sie überraschen.

Kha erhob sich hastig und stellte sich schützend vor sie. „Bleib hinter mir", flüsterte er, seine Stimme zitterte, während sein Herz wild in seiner Brust schlug. In der Dunkelheit konnte er kaum etwas erkennen, aber die Bedrohung war deutlich zu spüren. „Wir müssen hier weg."

Doch bevor sie sich bewegen konnten, trat eine Gruppe von Männern aus dem Schatten. Ihre Haltung strahlte unmissverständliche Entschlossenheit aus. Dagi trat vor, seine Augen funkelten kalt.

„Neferet, Hohepriesterin der Isis“, seine Stimme hallte durch die Nacht, „du hast dich gegen die Gesetze der Götter vergangen.“

Dagi hielt kurz inne, dann ließ er seinen Blick zu Kha schweifen. „Es war Sethek, ein aufmerksamer Arbeiter, der alles aufgedeckt hat. Ohne seine Wachsamkeit wären eure Taten unentdeckt geblieben.“ Dagi ließ die Worte schwer in der Nacht stehen, als wolle er den Verrat durch Sethek betonen.

Diese Worte trafen Kha wie ein Schlag. Für einen kurzen Augenblick starrte er Dagi an, unfähig zu reagieren. Dann stieg eine Welle aus Zorn und Enttäuschung in ihm auf.

„Sethek?“, rief er, seine Stimme bebte vor Wut. „Dieser Mann, mit dem ich jahrelang Seite an Seite gearbeitet habe? Dem ich vertraut habe? Wie konnte er uns das zufügen?“

Khas Hände ballten sich zu Fäusten und für einen kurzen Augenblick schien es, als wolle er sich auf die Männer stürzen, die vor ihm standen.

Neferet legte ihre Hände sanft, aber mit einer verzweifelten Entschlossenheit um Khas Arm. Ihre Finger drückten sich tief in seine Haut, als würde sie versuchen, ihn mit ihrem Griff an der Wirklichkeit festzuhalten. Ihr Blick suchte seine Augen, die vor Zorn und Enttäuschung brannten. „Kha“, flehte sie mit bebender Stimme, „ich brauche dich.“

„Bitte lass nicht zu, dass dieser Verrat uns auseinander-
reißt. Bleib bei mir. Wir können das nur zusammen
durchstehen.“

Doch ihre Worte schienen ihn kaum zu erreichen. Der
Verrat von Sethek brannte wie Feuer in seiner Brust und
sein Atem kam schwer, als kämpfe er gegen die Woge der
Enttäuschung, die ihn zu verschlingen drohte.

Neferet spürte, wie ihr Herz schwer wurde. Sie hatte
diesen Augenblick kommen sehen, doch die Wirklichkeit
war grausamer, als sie es sich je vorgestellt hatte. Kha trat
an ihre Seite, den ganzen Körper angespannt, als würde er
sich bereitmachen, sie zu verteidigen. Ein Anführer der
Wachen schüttelte nur den Kopf. „Gib sie auf, Steinmetz.
Du kannst sie nicht beschützen.“

Die Wachen stürzten sich auf sie, rissen Kha und Neferet auseinander. Ihre verzweifelten Blicke begegneten sich
ein letztes Mal, ein Blick, der mehr sagte als Worte: Was
auch geschieht, wir bleiben verbunden.

Kha wurde mit Gewalt zu Boden gedrückt, seine Hände
auf den Rücken gefesselt. Mit aller Kraft kämpfte er gegen
die Wachen, schlug und trat, doch die Übermacht war erdrückend. Schwerter schimmerten im flackernden Licht
der Fackeln, eine stumme Warnung, dass Widerstand
vergeblich war.

Trotz der Schmerzen wand er sich, sein Blick suchte
verzweifelt nach Neferet. „Neferet!“ rief er, seine Stimme
klang wie ein Schwur, der sich im Sand der Wüste verlor.
„Nichts auf dieser Welt wird mich von dir fernhalten! Ich
schwöre es!“

Doch seine Worte verhallten in der Dunkelheit und die
Welt schien stillzustehen. Die Trennung der Liebenden,

die dachten, nichts könnte sie jemals auseinanderreißen, wurde zur grausamen Wirklichkeit.

Ihre Körper wurden gewaltsam getrennt, doch ihre Herzen sprachen miteinander in einer stummen Verheißung, die keine Worte brauchte: Was auch geschieht, wir bleiben verbunden.

„Lasst ihn los!" forderte Neferet, ihre Stimme voller Zorn und Verzweiflung. Ihre Augen glühten vor Schmerz. „Ihr versteht nicht! Die Götter haben uns verbunden. Unsere Liebe ist kein Frevel – sie ist eine Gabe!"

Dagi trat vor, seine Miene blieb unbewegt, doch ein Hauch von Zweifel flackerte in seinen Augen. „Die Götter?" wiederholte er leise, seine Stimme schneidend. „Die Götter geben keine Gaben, die die Ordnung stören. Die Maat ist die Grundfeste unseres Reiches. Eure Liebe ...", er machte eine kurze Pause, während er Neferet direkt in die Augen sah, „... ist ein gefährliches Flüstern, das die Maat ins Wanken bringt."

Kha hob den Kopf, sein Blick unerschütterlich trotz der Schmerzen, die ihm zugefügt wurden. „Die Maat ist nicht nur Ordnung", sagte er, seine Stimme rau, aber fest. „Sie ist auch Gerechtigkeit. Was ist gerecht daran, uns zu bestrafen, weil wir einander lieben?"

Ein leises Raunen ging durch die Reihen der Wachen. Selbst Dagi schien für einen Augenblick in seiner Entschlossenheit zu wanken, doch er fasste sich schnell, seine Haltung wurde wieder hart wie Stein. „Liebe rechtfertigt keinen Verrat an den Gesetzen der Götter. Eure Strafe wird ein Beispiel sein – damit niemand es wagt, die Maat zu brechen."

Neferet spürte, wie ihre Kraft sie verließ, doch sie hielt ihren Blick unbeugsam. „Die Götter sehen alles", flüsterte sie, ihre Stimme zitterte, aber in ihr lag eine stille Macht. „Und sie werden wissen, dass wir nicht gegen sie gehandelt haben. Ihr Urteil zählt mehr als das eines Menschen."

Dagi zögerte, Neferets Worte schienen ihn zu berühren, doch dann wandte er sich ab und gab mit einer knappen Geste den Befehl. „Bringt sie zum Palast. Der Pharao wird über ihr Schicksal entscheiden."

„Ich werde sie nicht verlassen!" rief Kha, seine Stimme bebte vor Wut und Verzweiflung. „Ihr habt kein Recht …". Doch bevor er den Satz vollenden konnte, zerrten ihn die Wachen fort.

Neferets Stimme durchschnitt die Nacht wie ein scharfer Dolch. „Lasst ihn los! Bitte, ich flehe euch an!" Doch ihre Worte verhallten ungehört.

Die Schreie von Kha und Neferet wurden von der unerbittlichen Nacht verschluckt, doch die unsichtbare Flamme ihrer Liebe brannte weiter – ein schwaches, aber unbezwingbares Licht, das selbst die unbarmherzigsten Gesetze nicht löschen konnten.

Neferet wurde von den Männern in Richtung des Palastes gezogen. Tränen strömten ihr über das Gesicht, ihre Hände versuchten verzweifelt, sich zu Kha auszustrecken, doch der Abstand zwischen ihnen wurde größer und größer. „Kha, nein! Ich liebe dich!" Ihre Worte wurden vom Wind fortgetragen, doch in ihrem Herzen wusste sie, dass er sie gehört hatte.

Die Männer, die Kha verschleppten, führten ihn in eine der hinteren Kammern, abseits des großen Baulagers. Dort banden sie ihn an eine Säule, die Hände mit Seilen fest verschnürt. Das Blut pochte in seinen Ohren, seine Augen waren trüb vor Verzweiflung, doch er kämpfte weiter, riss an den Fesseln, bis seine Handgelenke schmerzten und bluteten. „Neferet ...", sein Flüstern hallte leise durch die Dunkelheit des Raumes. Doch die Männer ließen sich nicht erweichen, ihre Gesichter blieben unerbittlich.

„Du wirst für deinen Frevel bezahlen, Steinmetz", sagte einer von ihnen, bevor sie aus dem Raum gingen und Kha allein zurückließen. Sein Körper sank erschöpft zu Boden, seine Gedanken kreisten nur um Neferet. Er wusste nicht, was sie ihr zufügen würden, aber in seinem Herzen versprach er sich selbst, dass er sie retten würde, komme, was wolle.

Die Sterne, stumme Zeugen dieses grausamen Augenblicks, warfen ihr kaltes Licht auf das Geschehen, während die unbarmherzige Nacht ihren Vorhang über die bevorstehende Strafe senkte.

Die Nacht verschlang die beiden Liebenden, die einst dachten, dass nichts sie trennen könnte. Ihre Seelen waren noch immer verbunden, doch ihre Körper waren voneinander getrennt. Die Dunkelheit der bevorstehenden Strafe hing wie ein bleierner Vorhang über ihnen.

# XVIII

## DIE BELOHNUNG DES VERRATS

Sethek wurde von zwei Wachen durch die sandigen Pfade der Baustelle zum Gebäude des Bauleiters geführt. Sein Herz pochte in seiner Brust, eine Mischung aus Furcht und Erwartung, während er dem Pfad folgte, der von den Wachen vor ihm vorgegeben wurde. Der Lärm der Baustelle drang noch immer zu ihm, das Hämmern der Werkzeuge, das Knirschen des Steins, doch alles wirkte entfernt, wie ein Echo aus einer anderen Welt.

Die Hitze des Tages lag schwer auf seinen Schultern und der Schweiß rann ihm in dünnen Linien über das Gesicht. Doch trotz der körperlichen Anstrengung, die er spürte, war es die Ungewissheit, die sein Innerstes zerrüttete.

Als sie schließlich vor dem Gebäude ankamen, öffnete eine der Wachen die Tür und bedeutete Sethek, einzutreten. Er nahm einen tiefen Atemzug, versuchte die Unruhe in seiner Brust zu unterdrücken und trat ein. Ineni, der Bauleiter, stand mit verschränkten Armen hinter dem Tisch. Seine Augen musterten Sethek mit einer Mischung aus Neugierde und Berechnung, als ob er bereits wusste, was Sethek sagen oder denken würde. Die Spannung war greifbar und der Augenblick schien sich endlos zu dehnen, bevor Ineni sprach.

„Sethek", begann er ohne Umschweife, seine Stimme ruhig, aber eindringlich. „Du hast etwas Wichtiges getan. Du hast die Wahrheit über Kha und Neferet gesprochen." Der Bauleiter machte eine kurze Pause und ließ die Worte in der Luft hängen, bevor er fortfuhr. „Nachdem ich mich mit dem Tjati Dagi beraten habe, haben wir beschlossen, dass du für deine Aufmerksamkeit belohnt wirst."

Sethek spürte, wie seine Kehle trocken wurde. Seine Augen weiteten sich und er konnte kaum glauben, was er hörte. Eine Belohnung? Für seine Worte? Für das, was andere vielleicht Verrat genannt hätten? Der Gedanke war beunruhigend und berauschend zugleich. Er hatte sich nie als einen Mann gesehen, der belohnt wurde – sein Leben war stets von harter Arbeit und wenigen Anerkennungen geprägt gewesen.

Ineni trat einen Schritt näher, seine Haltung aufrecht und seine Stimme fest. „Deine Arbeit auf der Baustelle ist sofort beendet", erklärte er. Sethek zögerte, nicht sicher, ob das eine gute oder eine schlechte Nachricht war. Der Bauleiter ließ ihn jedoch nicht lange im Ungewissen. „Du wirst zum Palast des Pharaos berufen. Dort wirst du eine Schar von Wachen anführen. Deine Aufmerksamkeit und deine Wachsamkeit haben dich für diese Aufgabe als würdig erwiesen. Der Palast braucht Männer, die bereit sind, das Wohl des Pharaos zu sichern."

Die Worte sanken langsam in Setheks Bewusstsein und ein Gefühl des Triumphes breitete sich in ihm aus. Er hatte es geschafft. Der Staub und die Härte der Baustelle gehörten der Vergangenheit an – vor ihm lag der Weg zu Macht und Einfluss. Ein Lächeln zuckte über seine Lippen, als er langsam begriff, welche Bedeutung diese Worte hatten. Der Palast war kein Ort für gewöhnliche Männer. Es war der Sitz der Macht, der Ort, an dem Entscheidungen getroffen wurden, die über das Schicksal des Reiches bestimmten. Und er, Sethek, würde ein Teil davon sein.

Ineni verschränkte die Arme vor der Brust und sah Sethek eindringlich an. „Du wirst dich bei Nebamun, dem Vorsteher des Palastes, melden. Er wird dir weitere Anweisungen geben und dich in deine neue Aufgabe einweisen. Ich rate dir, dich ihm mit dem gleichen Eifer zu zeigen, wie du es hier auf der Baustelle getan hast. Am Palast ist kein Platz für Schwäche.“

Sethek senkte respektvoll den Kopf, seine Stimme bebend vor Erregung. „Ich danke euch, Herr. Es ist eine große Ehre und ich werde mich dieser Aufgabe mit ganzem Herzen widmen.“

Ineni nickte und hob die Hand, um das Gespräch zu beenden. „Das hoffe ich, Sethek. Der Palast ist kein Ort für Versagen. Du wirst sofort aufbrechen. Sei bereit.“

Sethek verließ das Gebäude und die warme Luft der Baustelle schlug ihm entgegen. Doch er fühlte sie nicht mehr. Sein Herz schlug schneller, erfüllt von einem Gefühl des Triumphes, das ihn über die Hitze und den Lärm hinwegtrug.

Die Wachen warteten auf ihn, um ihn zu seinem neuen Leben zu führen. Während er den staubigen Pfad hinabschritt, blickte er ein letztes Mal auf die gewaltige Baustelle, die er nun hinter sich lassen würde. Die Werkzeuge, die schweren Steine, die schwieligen Hände – all das lag nun hinter ihm.

„Mein Leben beginnt jetzt", triumphierte er leise und ballte die Hände zu Fäusten. Der Weg, der vor ihm lag, führte aus dem Staub der Baustelle hinaus, direkt in das Herz der Macht.

Doch in den Tiefen seines Herzens regte sich ein leiser Zweifel, ein Flüstern, das er nicht ganz zum Schweigen bringen konnte. Hatte er wirklich gewonnen – oder nur den ersten Schritt in ein gefährliches Spiel gemacht?

## XIX

## DER PHARAO

Mentuhotep saß auf seinem mit kunstvollen Verzierungen geschmückten Thron, umgeben von einer erhabenen Ausstrahlung, die keinen Zweifel an seiner unangefochtenen Macht ließ. Für diesen bedeutenden Anlass, die Gerichtsverhandlung über Neferet, hatte er die vollen Zeichen seiner Herrschaft angelegt, ein Beweis dafür, wie außergewöhnlich dieser Anlass war.

Der Pschent, die Doppelkrone von Ober- und Unterägypten, funkelte im Licht der Fackeln und symbolisierte die Einheit des Reiches, das er beherrschte.

Auf seiner Brust lag ein prächtiger Brustschmuck, reich verziert mit strahlenden Edelsteinen. Das in blau und gold gestreifte Nemes-Kopftuch, geschmückt mit der Uräusschlange, verlieh ihm die Anmut eines lebendigen Gottes.

In seiner rechten Hand ruhte das Was – das Zepter als unverkennbares Zeichen göttlicher Macht und Weisheit, während in der linken der Wedel lag – das Symbol seiner Fürsorge und Verantwortung als Hüter seines Volkes.

Seine Gewänder, gefertigt aus dem feinsten Leinen, waren mit kunstvollen Stickereien versehen, die die Götter und die kosmische Ordnung darstellten. Jede seiner Bewegungen, ruhig und doch voller Präsenz, ließ das Gold seiner Ornamente aufleuchten, als ob das Licht der Sonne selbst ihn segnete.

Der Saal des Palastes war erfüllt von einem ehrfurchtsvollen Schweigen – niemand wagte es, ihm zu lange in die Augen zu sehen, aus Angst, von der schieren Kraft seiner Ausstrahlung überwältigt zu werden.

Der Pharao, sitzend, betrachtete Neferet mit einem Blick, der sowohl seine unangefochtene Macht als auch eine Spur von Enttäuschung zeigte. Mentuhotep regierte im vierzigsten Jahr seiner Herrschaft, eine beeindruckende Zeitspanne, die von Herausforderungen und letztendlich von Erfolg geprägt war.

Als er den Thron bestieg, war das Land zerrissen, Ober- und Unterägypten in einen erbitterten Machtkampf verwickelt, der das Reich schwächte und seine Bevölkerung erschöpfte. Doch unter seiner Führung erlebte Ägypten eine Wiedergeburt.

Mit strategischem Geschick, militärischer Entschlossenheit und einer unerschütterlichen Weitsicht gelang es Mentuhotep, die beiden Landesteile zu vereinen und eine neue Ära des Friedens und Wohlstands einzuläuten.

Die Wurzeln seiner Macht reichten tief in die Geschichte seines Hauses zurück. Das Herrschergeschlecht, dem er entstammte, wurde von seinem gleichnamigen Urgroßvater begründet, einem weit vorausschauenden Herrscher, der den Grundstein für das Vermächtnis der Mentuhotep-Linie legte.

Sein Urgroßvater hatte das Reich in einer Zeit des Unfriedens gefestigt und die Götter wieder in den Mittelpunkt des Lebens gestellt. Seitdem wurde die Herrschaft seines Hauses von einer tiefen Verbundenheit zur Maat, der göttlichen Ordnung, geprägt – ein Grundstein, den Mentuhotep als heilig betrachtete und unermüdlich verteidigte.

Jetzt, auf dem Höhepunkt seiner Macht, war Mentuhotep nicht nur das weltliche Oberhaupt, sondern auch ein spirituelles Symbol für sein Volk. Seine Herrschaft war unangefochten, seine Weisheit wurde von allen Schichten des Reiches gepriesen. Tempel wurden errichtet, Monumente in den Himmel gebaut, die seinen Namen trugen und sein Vermächtnis für die Ewigkeit sichern sollten. Kunst und Kultur blühten auf, der Handel erlebte einen Aufschwung und die Straßen Ägyptens waren sicher. Das Land, das einst in Uneinigkeit versank, war nun ein strahlendes Beispiel für Beständigkeit und Wohlstand.

Doch hinter dieser glänzenden Fassade trug Mentuhotep die Narben der Kämpfe, die er geführt hatte. Der Verlust von Tausenden Leben, die Opfer, die für die Einheit Ägyptens gebracht wurden und die Verantwortung, die auf seinen Schultern lastete, hatten ihn tief gezeichnet. Er war ein Mann von starker Disziplin und unerschütterlicher Moral, aber auch ein Mensch, der die Zerbrechlichkeit des Friedens kannte und sich des Preises bewusst war, den er dafür gezahlt hatte.

Mentuhotep war sich bewusst, dass sein Reich nicht nur durch seine Stärke bestand, sondern auch durch die Einhaltung der Maat – des göttlichen Gleichgewichts, das die Grundlage für alles Leben bildete. Diese Überzeugung leitete jeden seiner Schritte und war der Maßstab, nach dem er nicht nur sein Volk, sondern auch sich selbst und seine engsten Vertrauten maß.

So stand Mentuhotep in der Geschichte Ägyptens nicht nur als ein Pharao, der Frieden und Einheit gebracht hatte, sondern auch als ein Wächter der göttlichen Ordnung, ein Herrscher, dessen Vermächtnis die Jahrtausende überdauern sollte.

# XX

## DIE ANKLAGE

Neferet stand vor Pharao Mentuhotep, umgeben von den ehrfurchtgebietenden Säulen des Palastes, deren Schatten sich wie finstere Finger über den Boden erstreckten. Die Anklage lastete schwer und die Luft war erfüllt von der kühlen Unnachgiebigkeit der Versammelten.

Die Verhandlung vor dem Pharao war von einer drückenden Stille begleitet, während die Anklage gegen Neferet vorgetragen wurde.

Dagi, der oberste Staatsdiener des Pharaos, erhob sich und sprach mit einer eisigen Stimme, die von pflichtbewusster Strenge zeugte und keinerlei Mitgefühl erkennen ließ. Jeder Satz, den er sprach, war von einer unüberhörbaren Bestimmtheit durchzogen, als wollte er sicherstellen, dass kein Raum für Zweifel blieb.

Seine anklagenden Worte waren wie scharfe Klingen, die jede Verteidigung zerschneiden sollten. Die Luft im Palast wurde von seiner unnachgiebigen Anklage erfüllt.

„Neferet, die Hohepriesterin der Isis, hat nicht nur die Heiligkeit ihrer eigenen Stellung missachtet, sondern auch die Ehre des Pharaos und die Ordnung unseres Reiches gefährdet. Die Hohepriesterin hatte nicht nur die

Verantwortung, die Rituale zu ehren, die die Göttin Isis verherrlichen und unser Volk segnen, sondern sie hatte auch die Pflicht, ein Vorbild zu sein. Ihr Verhalten sollte beispielhaft sein, ihre Gottesfurcht und ihre moralische Stärke eine Leitlinie für das Volk. Diese Verantwortung war ihr heiliges Gelübde – ein ungeschriebenes, aber tief in der Seele festgeschriebenes Versprechen, das sie in ihrer Aufgabe als Hohepriesterin ablegen musste."

Der Ankläger machte eine Pause, sein Blick glitt über die Versammlung. Er sprach weiter, während seine Stimme an Schärfe und Unnachgiebigkeit gewann.

„Neferet hat jedoch durch ihre Handlungen gezeigt, dass sie dieses heilige Gelübde schamlos und unverzeihlich gebrochen hat. Sie hat sich in eine verbotene und schändliche Liebesbeziehung verwickeln lassen, wodurch sie nicht nur ihre persönliche Reinheit beschmutzt, sondern auch die Makellosigkeit des gesamten Tempels schwer beschädigt hat.

Eine Hohepriesterin, die den weltlichen Versuchungen nicht widerstehen kann, stellt eine ernste Bedrohung für die geistige Reinheit und die heilige Ordnung unseres Volkes dar und kann nicht länger als würdig erachtet werden, die göttlichen Aufgaben zu erfüllen."

Dagi machte eine Pause, seine Augen glitten über die Versammlung, als wolle er sicherstellen, dass jedes seiner Worte tief eindrang.

„Die Maat, das heilige Gleichgewicht, ist ein zerbrechliches Gefäß. Jeder Riss, jede Schwächung, die ihm zugefügt wird, bedroht die Grundfesten unseres Reiches. Neferets Handlungen haben nicht nur einen Riss verursacht – sie haben die Grundfesten erschüttert, auf denen unser Volk ruht."

Die Worte des Anklägers hallten in den steinernen Mauern wider und der Pharao sah von seinem Thron aus mit ernster Miene auf Neferet herab. Sie stand auf dem kalten Boden und obwohl ihre Hände zitterten, blieb ihr Blick ruhig und unverwandt auf den Pharao gerichtet.

Die Anklage hatte die spirituelle Verantwortung der Hohepriesterin und ihr Versäumnis, ihrer Vorbildfunktion gerecht zu werden, mit unerbittlicher Klarheit dargestellt. Die Aufgaben der Hohepriesterin bedeuteten nicht nur die Durchführung heiliger Rituale, sondern auch die Verkörperung der sittlichen Grundwerte des Volkes – ein Anspruch, dem sie, so hieß es, nicht mehr gerecht werden konnte.

Neferet wusste, dass jedes Wort der Anklage sie immer weiter in die Enge trieb. Sie hatte das ungeschriebene Gelübde tief in ihrer Seele festgeschrieben – ein Versprechen an die Göttin und an das Volk. Doch ihre Liebe zu Kha hatte dieses Versprechen gebrochen und nun stand sie vor dem Pharao als oberstem Richter des Landes, bereit, das Urteil über ihr Schicksal anzuhören.

„Neferet, Hohepriesterin des Tempels von Isis", fuhr der Ankläger fort, dessen Stimme wie ein eisiger Hauch durch den Saal hallte, „du stehst hier vor dem Pharao und dem Rat, um dich für deine Verfehlungen zu verantworten. Du hast dich mit einem Mann niederer Herkunft eingelassen, einem gewöhnlichen Steinmetz. Was hast du zu deiner Verteidigung zu sagen?"

# XXI

## NEFERETS VERTEIDIGUNG

Neferet hob den Kopf, ihre Augen glitzerten vor unterdrückten Tränen, doch in ihrem Blick lag auch eine unerschütterliche Entschlossenheit. „Mein Herz führte mich und darin liegt keine Schuld" sagte sie, ihre Stimme war ruhig und gefühlvoll. „Meine Liebe zu Kha ist rein und wenn das ein Verbrechen ist, dann bin ich schuldig."

Ein Murmeln ging durch die Menge und der Pharao hob eine Hand, um Stille zu gebieten. Seine Augen verengten sich, als er Neferet musterte. „Du sprichst von Liebe, doch dein Verrat an der Maat wiegt schwer – eine Verletzung des göttlichen Gleichgewichts, das der Pharao als lebender Hüter schützt" sagte er, seine Stimme schwer und voller Urteilskraft. „Hast du darüber nachgedacht, wie deine Handlungen die Maat erschüttern – das heilige Gleichgewicht, das unser Reich bewahrt?"

Der Pharao hatte sie beschuldigt, die Maat verletzt zu haben – das heilige Gleichgewicht, das sie als Hohepriesterin zu bewahren geschworen hatte. In seiner Stimme lag nicht nur Zorn, sondern auch Enttäuschung, die wie ein stilles Echo in der erdrückenden Stille widerhallte.

In ihrem Inneren tobte ein Sturm. Neferet fühlte die Schwere ihrer Entscheidungen, die Wucht der Erwartungen, die auf ihr lasteten. Ihr Leben lang hatte sie der Maat gedient, hatte jede ihrer Handlungen darauf ausgerichtet, das Gleichgewicht zu wahren. Und doch stand sie nun hier, angeklagt, eben dieses Gleichgewicht gestört zu haben. Wie konnte das sein? Wie konnte ihre Liebe zu Kha, die tiefste und reinste Wahrheit ihres Seins, eine Verletzung der Maat sein?

Sie schloss die Augen und suchte in ihrem Inneren nach Antworten. Dort, in der Tiefe ihres Herzens, fühlte sie es wieder – jenes unauslöschliche Band, das sie mit Kha verband. Es war keine gewöhnliche Liebe, kein Verlangen, das nur aus der Verbindung zweier Menschen erwuchs. Es war etwas Höheres, etwas Zeitloses. Eine Kraft, die über Worte hinausging, die in ihrem tiefsten Inneren ruhte und die sie selbst nicht erklären konnte. Es war, als hätten ihre Seelen ein Versprechen gegeben, lange bevor sie das Licht dieser Welt erblickt hatten – ein Versprechen, das weder Zeit und Raum noch der Tod brechen konnten.

Mit neu gewonnener Klarheit öffnete Neferet die Augen und hob den Blick. Die Stille im Saal war greifbar und alle warteten auf ihre Antwort.

„Hemef", begann sie, ihre Stimme klar und fest, „ich stehe hier vor Euch, angeklagt, die Maat verletzt zu haben. Doch ich bitte Euch, meine Worte zu hören und in Eurem Herzen abzuwägen." Sie machte eine kurze Pause, um die Aufmerksamkeit aller auf sich zu ziehen.

„Mein ganzes Leben habe ich der Maat gewidmet. Ich habe die Rituale vollzogen, die Gesetze geachtet und danach gestrebt, das Gleichgewicht zu bewahren. Doch in meiner Reise habe ich eine tiefere Wahrheit entdeckt. Die Maat ist nicht nur das, was wir sehen und anfassen können. Sie ist nicht allein in Schriftrollen und Gesetzen verwurzelt. Sie lebt in unseren Herzen, in unseren Handlungen, in der Art und Weise, wie wir einander begegnen."

Sie atmete tief ein und ihre Stimme wurde von einer kaum fassbaren Sanftheit durchdrungen. „Was mich mit Kha verbindet, ist keine gewöhnliche Liebe. Es ist keine Leidenschaft, die im Sturm entflammt und mit der Zeit vergeht. Es ist ein Band, das tiefer reicht, als ich es jemals in Worte fassen könnte. In seinem Blick habe ich mich selbst erkannt – nicht nur als Frau, sondern als Seele. Unsere Verbindung ist wie das Licht, das den Tag erhellt, wie das Wasser, das den Nil füllt. Es ist ein Teil der Ordnung selbst, ein Teil der Maat."

Ein Murmeln ging durch die Reihen, doch Neferet ließ sich nicht beirren. Ihre Augen begegneten denen des Pharao direkt und ihre Stimme wurde fester. „Diese Verbindung war nicht meine Wahl. Sie ist älter als ich, älter als er, älter als diese Welt. Sie wurde uns nicht gegeben, um sie zu verleugnen, sondern um sie zu erkennen. Die Maat lehrt uns, das Gleichgewicht zu suchen. Wie kann ich dann das Band, das meine Seele in Einklang bringt, als etwas Falsches betrachten?"

Ihre Worte klangen wie ein leises Echo im Raum und sie schloss mit einem leisen Flüstern, das dennoch jeden erreichte. „Wenn die Maat wirklich Wahrheit und Gerechtigkeit ist, dann ist unsere Verbindung kein Frevel, sondern eine Verwirklichung des göttlichen Plans. Ich trage das Licht der Isis in mir und dieses Licht hat mich zu ihm geführt. Wir sind keine gewöhnlichen Liebenden, sondern zwei Teile einer Seele, die im Gleichgewicht wieder vereint wurden."

Der Pharao sah sie lange an, sein Blick war schwer und nachdenklich. Schließlich sprach er, seine Stimme war ruhiger, aber von einer tieferen Nachdenklichkeit durchdrungen. „Deine Worte sind mutig, Neferet. Doch sie stellen alles infrage, was wir zu wissen glaubten. Vielleicht liegt in deiner Wahrheit eine Lehre, die wir noch nicht verstanden haben."

Sein Urteil würde folgen, doch Neferet wusste, dass sie die Wahrheit gesprochen hatte – eine Wahrheit, die in den Herzen aller Anwesenden einen unauslöschlichen Eindruck hinterlassen hatte.

Ein Murmeln ging durch die Reihen der Anwesenden, doch Neferet ließ sich nicht beirren. „Die Götter haben uns die Fähigkeit zu lieben geschenkt. Sie haben uns gelehrt, Mitgefühl zu empfinden, uns zu verbinden und Einheit zu suchen. Ist es nicht diese Einheit, die das wahre Gleichgewicht ausmacht?"

Sie blickte erneut zum Pharao, in ihren Augen spiegelten sich sowohl Entschlossenheit als auch Demut. „Ich habe verstanden, dass die Stärke der Liebe die Maat nicht zerstört, sondern sie erfüllt. Durch die Liebe finden wir zu uns selbst und zueinander. Sie lehrt uns, über uns hinauszuwachsen, Verständnis und Frieden zu suchen."

Eine tiefe Stille erfüllte den Raum. Neferet spürte die Blicke auf sich, doch sie fühlte keine Angst mehr. „Wenn Ihr entscheidet, mich zu bestrafen, so akzeptiere ich Euer Urteil. Doch ich bitte Euch, zu bedenken, dass die wahre Maat nicht durch Gesetze allein gewahrt wird, sondern durch die Wahrhaftigkeit unserer Herzen. Meine Liebe zu

Kha ist meine Wahrheit und in dieser Wahrheit finde ich den tiefsten Einklang mit der Maat."

Der Pharao betrachtete sie lange, sein Gesichtsausdruck war undurchdringlich. Schließlich sprach er mit bedächtiger Stimme: „Deine Worte sind weise, Neferet. Du hast mir eine neue Einsicht gezeigt. Vielleicht ist die Maat mehr als das, was seit Hunderten von Jahren überliefert wurde."

Neferet spürte eine Hoffnung in ihrem Herzen. Sie hatte ihre Wahrheit gesprochen und nun lag es nicht mehr in ihrer Hand. Doch unabhängig vom Urteil wusste sie, dass sie im Einklang mit sich selbst und der wahren Bedeutung der Maat gehandelt hatte.

Neferet senkte ihren Blick nicht, auch wenn ihr Körper von innerer Unruhe erschüttert wurde. „Ich spüre, dass unsere Liebe kein Werk der Menschen ist, sondern ein Gewebe, das Isis selbst gewoben hat – ein Band, das keine Gesetze zerreißen können. Ich habe niemandem geschadet, ich habe nur geliebt. Welcher Makel könnte in einer Liebe wohnen, die selbst die Götter uns schenkten?"

Dagi, der Ankläger, trat einen Schritt vor und blickte mit kalter Härte auf sie herab. „Du hast dein Gelübde gebrochen, das dir heilige Macht verliehen hat. Durch deine Tat hast du die Götter verärgert. Du behauptest, sie hätten euch verbunden? Welcher Gott könnte sich wünschen, dass seine Priesterin sich so der Schande hingibt?" Seine Stimme klang wie ein Peitschenhieb und die Menge hielt den Atem an.

Neferet atmete tief ein und hob ihren Kopf, ihr Blick begegnete dem des Anklägers. „Vielleicht ist es nicht der Wille der Götter, der uns bindet, sondern die Ketten, die

Menschen in ihrem Namen schmieden und die ihre Regeln als Werkzeuge der Unterwerfung nutzen. Ich habe den göttlichen Willen von Isis gespürt, als sie mir Kha offenbarte. Warum sollte sie uns strafen, wenn unsere Liebe ein Teil ihres göttlichen Plans ist?"

Ein weiteres Murmeln ging durch die Menge, doch der Pharao erhob sich langsam von seinem Thron. Der Saal verstummte augenblicklich.

# XXII

## ZWIESPRACHE UND URTEIL

Mit langsamen, bedächtigen Schritten trat Mentuhotep auf Neferet zu, das Echo seiner Schritte hallte unheilvoll durch den Raum. Seine Augen, scharf und durchdringend, bohrten sich in die ihren. Als er schließlich vor ihr stand, schien die Luft schwer von unausgesprochenen Vorwürfen.

„Deine Worte sind kühn, Hohepriesterin", begann er, seine Stimme ruhig, aber kalt. „Doch sie klingen nicht wie die einer Dienerin der Götter. Sie klingen wie die Worte eines Menschen, der die göttliche Ordnung nach seinem eigenen Willen formen will."

Seine Stirn legte sich in tiefe Falten und eine Spur von Enttäuschung trübte seine ansonsten klare Haltung. „Hast du dir jemals Gedanken darüber gemacht, was dein Verrat an der Göttin Isis bedeutet, Neferet?"

Er hielt inne und sein Blick schien schwerer zu werden. „Ich kannte deine Mutter Nefertari", fuhr er fort, seine Stimme nun leiser, fast wehmütig. „Sie war eine Frau von unerschütterlichem Glauben, eine Priesterin, deren Hin-

98

gabe an die Göttin uns alle inspiriert hat. Als ich dich zu ihrer Nachfolgerin ernannte, sah ich in dir das Erbe dieser Hingabe – dieselbe Stärke, dieselbe Treue. Doch nun ..."

Seine Stimme zitterte leicht, als er den Satz vollendete: „Du hast das Vertrauen nicht nur des Volkes, sondern auch der Götter verraten. Die Maat, die Grundfeste unserer Welt, hast du durch dein Handeln erschüttert. Wie konntest du, eine Hüterin dieser Ordnung, so blind gegenüber ihrer Bedeutung werden?"

Er trat einen Schritt zurück und seine Worte wurden schärfer. „Ist das dein Glaube, Neferet? Dass die Götter ihre Dienerin mit einer solchen Schande segnen würden?"

Neferet schluckte, doch sie ließ sich nicht beirren. Ihre Stimme war fest, auch wenn ihre Augen Tränen verrieten. „Hemef, ich habe den göttlichen Willen gespürt. Isis hat uns verbunden, nicht getrennt. Unsere Liebe ... sie ist kein Verrat, sondern ein Teil des göttlichen Plans."

„Neferet, Tochter des großen Antef, meinem Feldherrn", begann der Pharao, seine Worte hallten wie ein Epos, das längst vergessen schien. „Es ist viele Jahre her, seit ich deinen Vater zuletzt gesehen habe. Doch sein Name wird niemals in Vergessenheit geraten, weder bei mir noch bei jenen, die unter seinem Banner gekämpft haben. Er war nicht nur ein Feldherr, sondern ein Schild für Ägypten, ein Mann, dessen Mut und Klugheit unsere Feinde in die Flucht schlugen."

Der Pharao ließ seinen Blick in die Ferne gleiten, als ob er die Schatten alter Schlachten vor sich sehen könnte. „Ich erinnere mich an den Tag, an dem Antef mit nur zweihundert Männern die Festung im Süden verteidigte. Die Feinde waren fünffach überlegen, doch er hielt stand, bis die Verstärkung eintraf. Es war sein Geist, seine Entschlossenheit, die das Blatt wendete – nicht nur seine Klinge."

Neferet spürte, wie sich ein Knoten aus Schmerz und Stolz in ihrer Brust festzog. Sie wollte die Erinnerung ihres Vaters ehren, doch sie fühlte auch die Bürde, die durch sein Vermächtnis auf ihr lastete. Der Name Antef war nicht nur eine Quelle von Ruhm, sondern zugleich eine Last, die sie zu tragen hatte.

Der Pharao trat näher, seine Schritte langsam und schwer. „Antef war mehr als mein Feldherr", erklärte er und ließ seine Stimme sanfter werden. „Er war ein Ratgeber, ein Mann, der keine Angst hatte, die Wahrheit zu sprechen – selbst, wenn sie mir nicht gefiel. Sein Verlust hat eine Kluft in die Grundfesten dieses Reiches gerissen und ich habe seinen Namen oft gerufen, wenn die Dunkelheit mich umgab."

Er hielt inne, sein Blick bohrte sich in Neferet, als wolle er die Antwort auf eine unausgesprochene Frage in ihrem Gesicht lesen. „Doch heute stehst du vor mir, beschuldigt, gegen die Ordnung der Götter verstoßen zu haben. Neferet, sag mir – trägst du die Weisheit und die Stärke deines Vaters in dir?"

Neferet hob den Kopf, ihre Schultern strafften sich, obwohl ihr Inneres von einer Flut aus Stolz und Verzweiflung hin- und hergerissen wurde. Ihre Stimme erklang klar und fest, auch wenn ihr Herz zitterte.

„Mein Vater hat mich gelehrt, dass Mut nicht nur auf dem Schlachtfeld gezeigt wird, sondern auch in den Entscheidungen, die wir treffen, wenn die Welt gegen uns steht. Er hat mir beigebracht, dass wahre Stärke nicht im

Gehorsam liegt, sondern im Festhalten an dem, was richtig ist, selbst wenn es schwerfällt."

Die Halle war erfüllt von einem leisen Murmeln, als die Umstehenden die Kühnheit ihrer Worte vernahmen. Doch der Pharao schwieg, sein Gesicht versteinert, während in seinen Augen ein Funken von etwas Unausgesprochenem aufflackerte – Anerkennung, vielleicht sogar Verständnis.

„Wenn mein Vater hier wäre", fuhr Neferet unbeirrt fort, „würde er sehen, dass ich nicht gegen die Götter stehe." „Er würde sehen, dass ich handle, weil mein Herz in der Wahrheit ruht, so wie er in der Wahrheit gekämpft hat. Ich mag fallen wie er, aber ich werde es mit demselben Mut tun, den er mir hinterlassen hat."

Der Pharao betrachtete sie lange, die Halle war in ehrfürchtiges Schweigen gehüllt. Schließlich sprach er, seine Worte leiser, doch umso schwerer: „Du trägst seinen Mut, seine Stärke, Neferet. Doch Stärke allein genügt nicht." sagte der Pharao mit einer Stimme, die sowohl Strenge als auch Nachdenklichkeit enthielt.

„Doch es liegt an dir, zu zeigen, dass diese Stärke mit Weisheit verbunden ist. Dein Vater glaubte stets daran, dass Mut und Überzeugung die größten Tugenden sind. Zeige mir, dass auch du diesen Glauben teilst."

Schließlich senkte er seine Stimme zu einem Flüstern, das nur Neferet hören konnte: „Wenn du den Steinmetz wirklich liebst, würdest du ihn nicht in diese Lage bringen. Du würdest ihn von diesem Schmerz befreien, indem du dich dem Willen der Götter unterwirfst."

Neferet schüttelte langsam den Kopf, ihre Stimme leise, aber entschlossen. Tief in ihrem Herzen wusste sie, dass sie für diese Liebe geboren war. Kein Urteil der Welt würde sie von Kha trennen, auch wenn ihre Knie unter dem Gewicht des Augenblicks zitterten.

„Ich werde mich niemals von Kha trennen. Kein Urteil, keine Macht dieser Welt könnte das Band zwischen uns lösen, Kha. Unsere Seelen sind miteinander verflochten und keine Strafe kann uns brechen."

Der Pharao schloss die Augen und ein Schatten von Kummer glitt über sein Gesicht. Als er sie wieder öffnete, klang seine Stimme schwer und endgültig. „Du enttäuschst nicht nur die Götter, Neferet. Du enttäuschst auch mich. Doch dein Schicksal liegt nicht allein in meinen Händen. Es ist an den Göttern, zu urteilen."

Er wandte sich an die Versammelten, seine Stimme nun laut und klar: „Neferet wird im Tempel der Isis verbleiben, bis das Orakel über ihr Schicksal entscheidet. Der Steinmetz wird in die Wüste verbannt und seinem Schicksal überlassen. Sollte er jemals zurückkehren, wird er mit dem Tode bestraft."

Neferet rang nach Luft, der Schmerz dieser Worte durchfuhr sie wie ein Messer. „Nein! Bitte, nicht Kha! Bestraft mich, macht mit mir, was ihr wollt, aber lasst ihn frei!" Ihre Stimme brach und sie fiel vor dem Pharao auf die Knie. „Ich flehe Euch an ..."

Doch der Pharao drehte sich um, sein prunkvolles Gewand wehte hinter ihm her, als er zu seinem Thron zurückkehrte. „Das Urteil ist gefällt", sagte er kalt, ohne sie noch einmal anzusehen.

Neferet sank zu Boden, ihre Hände umklammerten die kalten Steine des Palastes. In ihrem Herzen fühlte sie eine Leere, die nichts füllen konnte. Ihre Liebe zu Kha, die so rein und so tief war, wurde von den Mächtigen mit Füßen getreten. Aber selbst jetzt, in ihrer Verzweiflung, wusste sie eines – sie würde niemals aufgeben. Sie würde Kha wiederfinden, selbst wenn die Hindernisse unüberwindbar schienen.

Das Urteil gegen Kha und Neferet, ihr Verbot, zusammen zu sein, war mehr als eine persönliche Strafe. Es war ein Bruch mit dem göttlichen Gleichgewicht, ein Verstoß gegen das, was die Götter ihnen als Hüter der Maat gegeben hatten.

Neferet fühlte die Spannung in ihrem Inneren, die zwischen ihrer Aufgabe als Hohepriesterin und ihrer Liebe zu Kha wuchs. War sie wirklich eine Hüterin der Maat, wenn sie ihrer Liebe nachgab? Oder war es die Liebe selbst, die das wahre Gleichgewicht symbolisierte?

# XXIII

## KHAS VERBANNUNG

Die Nacht war still und schwer, als Kha gefangen in einer Kammer saß und auf das Unvermeidliche wartete. Gedanken über seine Strafe jagten durch seinen Kopf. Würde es die Hinrichtung sein? Eine grausame körperliche Strafe? Oder würde der Pharao ihn zur Verbannung verdammen? Die Ungewissheit war eine Qual und die Schatten an den Wänden schienen sich mit seinen Ängsten zu bewegen.

Plötzlich wurden die schweren Türen aufgestoßen und mehrere Wachen betraten die Kammer. An ihrer Spitze stand Sethek, der Verräter, dessen Aufstieg zum Anführer einer Schar von Wachen ein bitterer Hohn war.

Der Anblick von Sethek, dessen triumphierendes, hässliches Lachen die Stille zerriss, ließ Khas Fäuste ballen. Er wollte sich auf ihn stürzen, doch er war noch immer gefesselt.

Kha spürte, wie sein Herz vor Wut und Hass raste. Wurde jetzt sein Schicksal endgültig besiegelt? Sethek blickte Kha hart und grimmig in die Augen und verkün-

104

dete das Urteil des Pharaos, mit kalter Genugtuung und einer Stimme wie ein scharfes Messer.

„Kha, Steinmetz, du bist des Verrats an der Maat schuldig gesprochen worden. Dein Leben wird verschont, doch du wirst verbannt. Verlasse diese Stadt und kehre niemals zurück. Solltest du gegen dieses Urteil verstoßen, wird der Tod dich erwarten."

Sethek, dessen Augen vor kalter Genugtuung funkelten, trat näher und beugte sich zu Kha hinab. „Und bevor du gehst, Steinmetz, lass mich dir sagen: die Hohepriesterin Neferet ist in Ungnade gefallen. Sie wartet im Tempel der Isis auf ihr Urteil. Die Götter selbst werden über sie richten."

Seine Worte tropften vor Schadenfreude und sein verächtliches Lachen hallte in der Kammer wider. Kha versuchte erneut sich loszureißen, doch die Wachen griffen nach seinen Armen und hielten ihn mit eiserner Härte fest. Der Verräter schritt näher, beugte sich zu ihm hinab und flüsterte: „Dies ist der Preis für euren Frevel."

Khas Gedanken rasten. Die Wüste bedeutete den Tod, einen langsamen, qualvollen Tod, doch vielleicht gab es in der Verbannung auch eine kleine Möglichkeit, Neferet wiederzusehen. Der Gedanke war bittersüß. Freiheit, die nur dazu diente, ihn noch weiter von seiner Heimat und seinen Wurzeln zu entfernen.

Kha wurde in Fesseln von Sethek und den anderen Wachen vor die Tore der Stadt geführt, die einst sein Zuhause gewesen war. Seine Schritte waren schwer, der Sand schien ihn bei jedem Schritt hinabzuziehen, doch in seinem Inneren brannte noch immer die Liebe zu Neferet.

Das Versprechen, das er ihr gegeben hatte, dass er sie wiederfinden würde, hielt ihn aufrecht.

Die Erinnerungen an die letzten Augenblicke mit Neferet waren wie scharfe Messer, die sein Herz durchbohrten. Ihre Augen – voller Hoffnung, aber auch von einer Trauer durchzogen, die ihn nun zu zerreißen drohte. Ihre Hände, die ihn noch ein letztes Mal sanft berührt hatten, bevor die Wachen sie gewaltsam auseinandergerissen hatten.

„Neferet", hatte er geschrien, doch seine Stimme war während ihrer gewaltsamen Trennung untergegangen. Jetzt fragte er sich, ob sie jetzt ebenfalls an ihn dachte oder ob ihre gemeinsamen Träume bereits in der Dunkelheit versunken waren.

„Dies ist dein Ende, Steinmetz", mahnte Sethek triumphierend, seine Stimme klang hart. „Wenn du jemals wieder zurückkehrst, wird das Urteil der Tod sein."

Die Fesseln wurden ihm abgenommen und Kha taumelte, als seine Hände wieder frei waren. Doch die Freiheit fühlte sich leer an, wie eine grausame Verhöhnung. Er drehte sich zu den Männern um, sah in ihre harten, kalten Augen und wusste, dass sie keine Gnade kannten.

„Ihr könnt mich nicht von ihr trennen", entgegnete er bestimmt. Seine Stimme bebte, doch sie war fest. „Kein Leid, das ihr mir zufügt, kann mich davon abhalten, meinen Weg zu ihr zurückzufinden." Die Wachen lachten verächtlich, drehten sich um und ließen ihn allein in der unendlichen Weite der Wüste zurück.

Die Wüste erstreckte sich vor ihm, eine unbarmherzige Landschaft, die vom Horizont verschlungen wurde. Der heiße Sand knirschte und brannte unter seinen nackten

Füßen, während die ersten Strahlen der Sonne den Himmel mit glühendem Rot färbten.

Die Sonne schien nicht nur vom Himmel, sondern schien auch aus dem Sand selbst zu strahlen, ihre Hitze brannte auf seiner Haut. Der Wind wehte leicht, trug den trockenen Staub mit sich und ließ seine Kehle rau werden.

Kha blieb kurze Zeit stehen, schloss die Augen und atmete tief durch. Doch selbst das Atmen brachte keinen Trost, denn die Luft war trocken und schwer, als würde die Wüste ihn selbst verschlingen wollen.

Mit jedem Schritt schien die Wüste sich gegen ihn zu richten. Die Dünen wurden zu unüberwindbaren Mauern. Die heiße Sonne, die nun gnadenlos über ihm brannte, raubte ihm fast den Verstand. Der Durst begann an seinem Verstand zu zehren und sein Magen schmerzte vor Hunger. Seine Gedanken wurden träge und die Wüste begann, ihm seltsame Bilder vor Augen zu führen – verschwommene Schatten, die wie Geister über den Sand huschten, als wollten sie ihn verspotten.

Die Erinnerung an seine Arbeit als Steinmetz durchfuhr ihn wie ein Stich. Die Mauern, die er mit Hingabe und Stolz errichtet hatte, die Statuen, die er mit seinen Händen aus dem Stein gemeißelt hatte   all das war nun Vergangenheit

Er würde niemals wieder den Klang von Meißel auf Stein hören, niemals wieder die Monumente vollenden, die er mit so viel Leidenschaft geformt hatte. Die Vorstellung, diese Werke hinter sich lassen zu müssen, schien unerträglich, als wäre ein Teil seiner Seele in den Steinen zurückgeblieben.

Und dann waren da die Gedanken an sein Heimatdorf, an die Eltern, die er nun niemals wiedersehen würde. Er erinnerte sich an die Worte seines Vaters, dessen strenger, aber verständnisvoller Blick ihm immer Halt gegeben hatte.

Sein Vater war stolz auf die Fertigkeiten, die Kha sich mit harter Arbeit als Steinmetz angeeignet hatte. Er hatte ihm einst gesagt: „Kha, jedes Werk, das du erschaffst, spiegelt deine Seele wider. Gib stets dein Bestes, denn deine Arbeit zeigt, wer du wirklich bist."

Doch jetzt war er entehrt. Die Vorstellung, dass seine Eltern in Scham leben müssten, weil ihr Sohn verbannt worden war, lastete schwerer auf ihm als die glühende Sonne. Kha spürte, wie ihn die Schuld überwältigte.

Doch immer wieder kam das Bild von Neferet zurück, wie ein leiser Trost inmitten der Qual. Er erinnerte sich an ihr Lächeln, an ihre sanften Berührungen und an die Nacht, in der sie sich gegenseitig versprochen hatten, dass ihre Seelen für immer verbunden bleiben würden. Diese Erinnerung war wie ein Licht in der Dunkelheit, ein Funke, der in seinem Herzen glühte und ihn daran erinnerte, warum er diesen Weg gehen musste.

Er tastete nach dem Anch, das um seinen Hals hing, das Geschenk seines Vaters. Die kühle Oberfläche des Steins schien ihm neue Kraft zu geben, als ob die Weisheit und Stärke derer, die es zuvor getragen hatten, auf ihn übergingen. Sein Vater hatte ihm einst gesagt: „Das Anch wird dir den Weg weisen, wenn die Dunkelheit zu groß wird. Es ist mehr als ein Symbol – es ist dein Licht." Jetzt verstand Kha, was diese Worte bedeuteten. Jeder Schritt, den er tat, war ein weiterer Beweis für seinen unbeugsamen Willen.

Die Sonne stieg weiter und Kha begann, jeden Sinn für Zeit zu verlieren. Die glühende Hitze legte sich wie eine erdrückende Last auf seine Schultern und sein Blick wurde verschwommen. Sein Körper war am Ende und er spürte, wie die Wüste ihn fast verschlang. Doch der Gedanke an Neferet hielt ihn aufrecht. Ihr Gesicht, ihre Stimme, die Verheißung ihrer Liebe – all das wurde zu einer unsichtbaren Kraft, die ihn daran hinderte, aufzugeben, als ob ihre Liebe wie ein schützendes Band um sein Herz gelegt war.

Er erinnerte sich an seine Mutter, wie sie ihn als Kind in den Armen gehalten hatte, wie sie ihm Geschichten von den Göttern erzählt hatte, die die Welt im Gleichgewicht hielten. Ihre gütigen Augen hatten ihm stets Trost gespendet, selbst in den dunkelsten Stunden seiner Kindheit.

Der Gedanke, dass er ihre sanfte Stimme und ihren liebevollen Blick nie wieder sehen würde, zerriss ihm das Herz. „Kha", hatte sie gesagt, „eines Tages wirst du deinen eigenen Weg finden, doch vergiss niemals, dass die Götter ihre Zeichen senden."

War das Anch das Zeichen, das ihn nun leitete? War es ein Symbol dafür, dass seine Liebe zu Neferet Teil eines größeren Plans war?

Als die Sonne langsam unterging und die Welt in kühleres Licht tauchte, fand Kha Schutz unter einem kleinen Felsvorsprung. Er setzte sich in den Schatten, seine Beine brannten vor Erschöpfung, doch seine Gedanken waren klar. Er blickte in den Himmel, wo die ersten Sterne zu leuchten begannen und erinnerte sich daran, wie er mit Neferet unter diesen gleichen Sternen gesessen hatte. Ihr Lachen, ihr sanftes Flüstern, die heimlichen Küsse – all das schien nun so fern und doch hielt er es fest in seinem Herzen.

„Ich werde zurückkehren, Neferet", flüsterte er in die Stille der Nacht. „Selbst wenn uns Welten voneinander trennen. Wir gehören zusammen."

Mit diesem Gedanken legte er sich auf den kalten Sand, die Augen zu den Sternen gerichtet. Die Wüste mochte ihm alles nehmen, was er hatte, doch sie würde ihm nicht seinen Willen nehmen. Der Weg würde lang sein, doch seine Liebe war das Licht, das ihn führen würde – durch die Dunkelheit, zurück zu ihr.

# XXIV

## GEFANGEN IM TEMPEL

Während Kha in die Ungewissheit der Wüste verbannt wurde, saß Neferet allein im innersten Heiligtum des Tempels von Isis. Die Wände waren mit goldenen Symbolen der Göttin verziert, doch sie schienen kalt und bedeutungslos. Sie, die einst ihre Zuflucht gewesen waren, umschlossen sie wie Fesseln aus Stein.

Neferet hatte ihre Freiheit verloren, die Möglichkeit, Kha zu sehen und nun auch die Zukunft, die sie sich erträumt hatten. Sie kniete auf dem kalten Steinboden des Tempels der Isis, ihr Herz schwer wie die Steinstatuen, die sie umgaben.

Die Flammen der Altarkerzen flackerten im leisen Luftzug, der durch die hohen Säulen des Tempels strich und warfen tanzende Schatten auf die Wände. Diese Schatten schienen ihre inneren Qualen widerzuspiegeln – eine sich bewegende, unfassbare Dunkelheit, die in ihr tobte.

In diesem heiligen Raum, in dem sie die Göttin unzählige Male um Führung gebeten hatte, fühlte sie sich nun wie eine Gefangene. Gebunden an ihre eigenen Gelübde, die sie einst mit einem reinen Herzen abgelegt hatte und gefangen in der Sehnsucht, die sie zu Kha zog.

Ihr Gelübde gegenüber der Göttin Isis war für Neferet einst das Wichtigste in ihrem Leben gewesen. Es war eine Berufung, eine heilige Verpflichtung, die ihr einen Sinn gegeben hatte, als sie noch jung und voller Hoffnung war. Sie hatte geschworen, ihr Leben der Göttin zu widmen, ihre Weisheit zu verbreiten, die Menschen zu führen und niemals die Reinheit ihres Herzens durch weltliche Versuchungen zu gefährden.

Doch nun, da sie ihre Augen schloss und das Gesicht von Kha vor sich sah, begann sie an ihrem eigenen Schwur zu zweifeln. Wie konnte ein Gefühl, das so rein und so tief war, eine Sünde sein? Wie konnte die Liebe, die sie empfand, falsch sein, wenn sie ihr Herz so vollständig erfüllte?

Die Tage im Tempel waren zu einem ständigen Kampf geworden. Jeder Morgen begann mit Gebeten an die Göttin und jedes Wort, das sie sprach, fühlte sich an wie eine Lüge. Ihre Lippen formten die Worte der Hingabe, doch ihr Herz war bei Kha – bei seinen sanften Augen, seinem Lächeln und den Versprechungen, die sie sich im Verborgenen gegeben hatten.

Sie liebte die Göttin, das wusste sie, doch sie liebte auch Kha. Diese beiden Welten prallten in ihr aufeinander wie zwei Wellen, die in entgegengesetzter Richtung über das Meer rollten.

Manchmal glaubte sie, die Göttin würde ihre Gedanken kennen, ihre Zweifel spüren. In den stillen Stunden, wenn sie allein im Tempel war, fragte sie sich, ob Isis zornig auf sie war, ob die Götter ihre Liebe zu Kha als Verrat betrachteten. Doch genauso oft fragte sie sich, ob die Göttin sie vielleicht verstand.

Vielleicht war die Liebe, die sie zu Kha empfand, eine Prüfung – ein Zeichen dafür, dass auch die mächtigsten Gelübde nicht imstande waren, die Natur des menschlichen Herzens zu bezwingen. Doch diese Gedanken brachten ihr keine Erleichterung, sondern machten die innere Zerrissenheit nur noch schmerzhafter.

Neferet spürte, wie die Pflicht und die Liebe in ihrem Inneren miteinander kämpften. Es war, als hätte sie zwei Herzen – eines, das der Göttin gehörte, das sie an ihre heiligen Pflichten erinnerte und sie daran mahnte, stark zu bleiben; und eines, das Kha gehörte, das mit jeder Faser ihres Seins nach ihm schrie und sie daran erinnerte, dass das Leben ohne Liebe keinen Sinn hatte.

In den Nächten, in denen sie allein in ihrer Kammer lag, hörte sie oft, wie ihr Herz im Takt der Verzweiflung pochte, zwischen diesen beiden Kräften zerrissen. Ihr kamen die Tränen, wenn sie daran dachte, dass sie niemals beides haben konnte – die Liebe zu Kha und die Treue zur Göttin. Sie fühlte sich gefangen zwischen zwei Welten, die unvereinbar schienen.

Einerseits war da der Tempel, die Statuen der Göttin, die Gebete, die heiligen Riten – all das, was ihr Sicherheit und Sinn gegeben hatte. Andererseits war da Kha, seine Berührung, seine Worte, die Art, wie er sie ansah, als wäre sie der wichtigste Mensch in seinem Leben.

Diese beiden Welten konnten nicht nebeneinander bestehen, das wurde ihr in diesem Augenblick schmerzlich bewusst. Doch sie wusste auch, dass sie ohne Kha nicht leben wollte. Jede Entscheidung, die sie traf, würde Opfer fordern – und welchen Weg sie auch wählte, ein Teil von ihr würde immer verloren gehen.

In der Dunkelheit des Tempels, allein mit ihren Gedanken, wandte Neferet ihr Gesicht gen Himmel, als könnte sie in den Sternen eine Antwort finden.

Ihre Lippen bebten, als sie flüsterte: „Isis, hilf mir. Zeig mir den Weg. Soll ich der Liebe folgen, die mich lebendig macht, oder dem Schwur, der mich zu dem gemacht hat, was ich bin?“

Doch die Sterne blieben stumm und die Göttin antwortete nicht. Nur die Stille des Tempels umgab sie, während die Fackeln unruhig flackerten, als würden sie den Kampf in ihrem Herzen widerspiegeln. Neferet wusste, dass sie ihre Antwort selbst finden musste – ungeachtet des Schmerzes, den sie dabei empfinden würde.

Die Flammen warfen flackernde Schatten an die Wände, während Neferet allein in der stillen Kammer kniete. In ihren Händen hielt sie das goldene Anch, das in ihrer Familie von Mutter zu Tochter weitergegeben wurde – als Zeichen der Verbindung zur Göttin Isis. Ihre Mutter hatte es einst von ihrer eigenen Mutter erhalten und so war es ein Vermächtnis, das die Weisheit und Stärke der Frauen ihrer Linie in sich trug.

Neferet erinnerte sich an den Tag, als ihre Mutter ihr das Anch überreicht hatte. Es war kurz vor ihrem Eintritt in den Tempel der Isis gewesen, eine Erinnerung, die sich unauslöschlich in ihr Gedächtnis eingebrannt hatte. Ihre Mutter, sonst von unerschütterlicher Stärke, hatte an jenem Tag Tränen in den Augen. „Dies, meine Tochter“, hatte sie gesagt, „ist mehr als ein Schmuckstück. Es ist ein Zeichen unserer Verbindung zur Göttin, ein Symbol für das Licht, das uns in den dunkelsten Stunden den Weg weist. Es wird dich leiten, wie es mich geleitet hat und wie es meine Mutter und ihre Mutter vor mir leitete."

Während Neferet ihre Hände sanft über die kühle Oberfläche des Anch gleiten ließ, spürte sie das Gewicht seiner Bedeutung. Doch heute, in der Stille der Kammer, suchte sie nicht nur nach der Weisheit ihrer Mutter. Sie suchte nach der Erinnerung an ihren Vater, dessen Stimme sie lange nicht mehr gehört hatte.

In ihren Träumen war er ihr oft erschienen – nicht als Soldat, sondern als Ratgeber, als Stütze in Zeiten des Zweifels. Er war ein Mann, der nicht nur für den Pharao gekämpft hatte, sondern für die Prinzipien der Maat – der göttlichen Ordnung, die das Reich bewahrte. Doch diese Treue hatte den höchsten Preis gefordert.

Sie erinnerte sich an die Geschichten, die ihre Mutter erzählt hatte. An jenem schicksalhaften Tag hatte ihr Vater an der Spitze seiner Männer gestanden, als feindliche Horden an den Grenzen Ägyptens erschienen. Sein Mut hatte viele inspiriert, doch es war sein letztes Gefecht gewesen. Als die Nachricht von seinem Tod das Haus erreichte, war Neferet noch ein junges Mädchen. Ihre Mutter hatte die Tränen verborgen, doch die Stille, die danach über dem Haus lag, hatte lauter gesprochen als Worte.

„Deine Mutter hat dir das Anch gegeben, um dich zu schützen", hatte er in einem Traum gesagt. „Doch die Stärke, die du brauchst, liegt nicht nur in diesem Symbol. Sie liegt in dir, Neferet. Folge deinem Herzen, auch wenn der Weg dunkel scheint."

„Vater", flüsterte sie in die Stille, „warum fühlt sich das Richtige so falsch an? Warum scheint meine Liebe zu Kha wie ein Verbrechen, wenn mein Herz in seinem Namen schlägt?"

Khas Gesicht erschien vor ihrem inneren Auge, seine Augen voller Hingabe und Zweifel zugleich. Er war ein Mann, der sie wie keine andere verstand, dessen Liebe sie von den starren Regeln des Tempels befreite. Doch ihre Liebe zu ihm stand im Widerspruch zu allem, was ihr gelehrt worden war.

Die Kammer schien plötzlich kühler zu werden, als ob die Geister der Vergangenheit auf ihre Worte lauschten. Neferet schloss die Augen und atmete tief ein. Sie spürte die Anwesenheit ihrer Eltern – oder vielleicht war es nur eine Erinnerung, die sie suchte, eine Antwort, die sie verzweifelt brauchte.

Die Worte ihrer Mutter hallten in ihren Gedanken wider: „Dein Vater glaubte, dass wahre Stärke nicht nur in Taten liegt, sondern im Mut, dem eigenen Herzen zu folgen."

Doch was bedeutete das in einer Welt, die von Regeln und Gesetzen beherrscht wurde? Würde Isis ihre Liebe zu Kha als Frevel sehen, oder könnte die Göttin verstehen, dass auch Liebe Teil der göttlichen Ordnung war?

Neferet öffnete die Augen und richtete sich auf. Sie hielt das Anch fest in ihren Händen und hob es in die Höhe, als ob es eine Antwort von den Göttern selbst erbitten könnte.

„Vater" sprach sie mit fester Stimme, „wenn deine Stärke in mir weiterlebt, dann bitte ich dich um deinen Segen. Ich werde das tun, was mein Herz mir sagt, auch wenn die Götter mich dafür richten sollten. Aber wenn meine Liebe rein ist, wie deine Hingabe es war, dann bitte ich die Götter um Gnade – für mich und für Kha."

Das Anch funkelte im Licht der Flammen, als ob es ihre Worte gehört hätte. Neferet fühlte eine seltsame Ruhe in ihrem Inneren, eine Bestätigung, die weder von Menschen noch von Göttern zu stammen schien. Es war die Erinnerung an ihre Eltern, die sie stärkte, und die unerschütterliche Überzeugung, dass Liebe, wenn sie wahrhaftig war, niemals ein Verbrechen sein konnte.

Die Tage vergingen, jeder von ihnen schwerer als der vorherige und das Schweigen des Tempels lastete auf ihr wie eine Bürde. Doch in ihrer Einsamkeit fand Neferet eine unerschütterliche Entschlossenheit. Ihre Liebe zu Kha war ihr Licht in der Dunkelheit, die einzige Flamme, die sie am Leben hielt.

Sie betete zu Isis, nicht um Gnade für sich selbst, sondern um Kraft für Kha, damit er überleben und seinen Weg zu ihr zurückfinden konnte. Eines Nachts, als der Mond hoch am Himmel stand und sein Licht durch das Fenster fiel, kniete Neferet nieder und legte ihre Hände auf die kalten Steine des Tempelbodens.

„Oh große Göttin Isis", flüsterte sie mit zitternder Stimme. „Ich bitte dich nicht um Vergebung. Erfülle mir diese einzige Gnade: Kha noch einmal sehen zu dürfen. Gib ihm die Kraft, zu überleben und mir die Kraft, dieses Warten zu überstehen. Lass uns eines Tages wieder vereint sein, so wie du einst deinen geliebten Osiris gefunden hast."

Die Stille des Tempels antwortete ihr nicht, doch sie fühlte einen Hauch von Hoffnung, eine leichte Berührung ihrer Seele, als ob eine unsichtbare Hand sie getröstet hätte. Neferet wusste, dass ihr Weg noch lange und voller Prüfungen sein würde, aber sie war bereit, jede Herausforderung anzunehmen, um zu Kha zurückzukehren.

Ihr Herz war von einer tiefen Sehnsucht erfüllt, die sie selbst nicht vollständig verstand – bis sie Kha begegnete. Sie fühlte eine tiefe, unerklärliche Verbindung zu ihm, die weit über das hinausging, was sie jemals zuvor gespürt hatte. Neferet verkörperte sowohl die Sanftheit einer Priesterin als auch die Leidenschaft einer Frau, die bereit war, für ihre Liebe alles zu riskieren, sogar ihr eigenes Leben.

Neferet saß im stillen Heiligtum des Tempels, die Flamme einer kleinen Öllampe tanzte und warf zuckende Schatten an die Wände. Ihre Gedanken waren ein Sturm aus Zweifeln und Verlangen. Sie wollte ihre Pflicht als Hohepriesterin nicht verraten und doch war da diese Stimme in ihr, leise, aber unaufhaltsam, die ihren Namen flüsterte und sie rief.

Plötzlich sprang Seshat geschmeidig auf den Altar, ihre weichen Pfoten kaum hörbar auf dem kühlen Stein. Neferet hob den Kopf und sah ihre Katze an, die sie aus gelassenen, fast wissenden Augen betrachtete. Es war, als könnte Seshat ihre Gedanken lesen, als würde sie das Durcheinander in Neferets Herz verstehen.

„Oh Seshat", flüsterte Neferet und streckte die Hand aus. Die Katze trat näher, schnurrte leise und schmiegte sich an ihre Hand. „Was soll ich nur tun? Kann es falsch sein, jemanden so sehr zu lieben?"

Die Katze antwortete nicht, aber ihr sanftes Schnurren beruhigte Neferets zitternde Hände. Sie strich behutsam über Seshats weiches Fell und für einen kurzen Augenblick schien die Welt stillzustehen, als könnte dieses kleine Wesen die Unruhe in ihrem Inneren bändigen. Doch dann drängte sich der Gedanke an Kha wieder in ihren Geist, schärfer und schmerzhafter denn je.

# XXV

## DIE NOMADEN

Die Wüste war unbarmherzig. Der Sand schien endlos, die Sonne brannte erbarmungslos vom Himmel und Khas Schritte wurden mit jeder Stunde langsamer. Sein Körper schmerzte von der Hitze und dem Durst, doch sein Geist klammerte sich an den Gedanken an Neferet. Er erinnerte sich an ihr Lachen, an die Wärme ihrer Berührungen und es war diese Erinnerung, die ihm die Kraft gab, weiterzugehen.

Die Tage vergingen und Kha kämpfte sich durch die erbarmungslose Weite der Wüste. Seine Lippen waren aufgesprungen, sein Körper ausgehungert und von der Sonne verbrannt, doch er fand Wasserstellen, verborgen unter Felsen und Schatten, wo er sich für einige Stunden ausruhen konnte.

In den Nächten, wenn die Kälte der Wüste über ihn hereinbrach, sah er hinauf zu den Sternen und stellte sich vor, dass Neferet dasselbe tat. Es war, als ob die Sterne ihre Verbindung waren, ein stummer Schwur, der über die Entfernung hinweg bestand.

Eines Nachts, als Kha völlig erschöpft war und glaubte, nicht mehr weitergehen zu können, sah er in der Ferne das schwache Flackern eines Feuers. Hoffnung durchströmte ihn und er setzte einen Fuß vor den anderen, bis er schließlich näherkam und erkannte, dass es eine Gruppe von Nomaden war.

Die Männer saßen in einem Kreis um das Feuer, ihre Gesichter von der flackernden Glut beleuchtet. Einige sprachen leise miteinander, während andere schweigend das Brot brachen und es über die Flammen hielten. Das Licht des Feuers warf tanzende Schatten auf den Wüstensand und der Duft von gegrilltem Fleisch und Rauch lag in der Luft.

Ein kleines Stück neben dem Lagerfeuer standen mehrere Esel, die an Pflöcken angebunden waren. Zwei Männer hielten Wache über die Tiere, ihre Blicke wachsam, aber ruhig.

Kha blieb kurz stehen und beobachtete die Männer um das Feuer, seine Müdigkeit wich einem Funken Hoffnung – vielleicht gab es hier Rettung, eine Möglichkeit, für einen Augenblick zu rasten und sich zu stärken.

Einer von ihnen, ein alter Mann, stand auf und trat vor, als er Khas erschöpfte Gestalt sah. Er gab sich als Hor, der Anführer der Gemeinschaft, zu erkennen. Sein Gesicht war vom Wüstenwind gegerbt, seine Augen scharf wie die eines Falken. Sein Blick war streng, aber auch voller Mitgefühl. „Wer bist du und was machst du allein in der Wüste?" fragte Hor.

Kha hob den Kopf, seine Stimme war rau von Durst und Erschöpfung. „Ich bin Kha, ein Steinmetz aus der Stadt des Pharao. Ich wurde verbannt ... aber ich muss zurück. Ich muss jemanden finden, den ich liebe."

Die Männer sahen einander an und in ihren Blicken lag eine Mischung aus Mitleid und Anerkennung. Einer der Älteren stand auf und trat vor, er legte eine Hand auf Khas Schulter. „Die Liebe ist ein starker und mächtiger Grund, um zu kämpfen, junger Mann. Wir werden dir helfen, soweit wir können, aber der Weg zurück ist gefährlich."

„Setz dich zu uns", sagte Hor und deutete auf einen Platz am Feuer. „Du siehst aus, als wärst du dem Tod näher als dem Leben."

Die Männer sahen misstrauisch aus, doch als sie die Notlage in seinen Augen erkannten, gaben sie ihm Wasser, Brot und Datteln. Kha nickte dankbar und ließ sich schwer auf den sandigen Boden fallen. Er nahm das Wasser, das ihm gereicht wurde und trank gierig, während die Männer ihn beobachteten.

Danach griff er nach dem Brot und den Datteln, die ihm gegeben wurden und begann zu essen. Jeder Bissen schien ihm neue Kraft zu verleihen und während er die Speisen bedächtig genoss, spürte er, wie die Erschöpfung langsam einer vorsichtigen Hoffnung wich.

Die Männer schwiegen, doch ihre Blicke wurden weicher, als sie sahen, wie dringend Kha diese Nahrung benötigte. Das Flackern des Feuers warf lange Schatten auf ihre Gesichter und Kha fühlte sich sicher, als wäre er unter Freunden.

„Die Wüste verschont niemanden", sagte Hor nachdenklich, während er das Feuer schürte. „Warum riskierst du dein Leben so? Wen suchst du?"

Kha hob den Kopf, seine Augen glänzten im Schein der Flammen. „Neferet. Sie ist im Tempel gefangen. Sie ist alles für mich. Ich kann nicht einfach fortgehen, nicht ohne sie."

Sabu, ein junger Mann, der neben Hor saß, sah Kha lange an und schüttelte schließlich den Kopf. „Du hast den Mut eines Kriegers, aber auch die Torheit eines Liebenden. Der Tempel ist ein heiliger Ort und der Pharao kennt keine Gnade. Wie willst du gegen die Macht des Pharaos bestehen?"

Kha senkte den Blick, seine Finger gruben sich in den Sand. „Ich weiß es nicht. Aber ich weiß, dass ich ohne sie nicht leben kann. Ich muss es versuchen, selbst wenn es aussichtslos erscheint und mein Leben kostet."

Die Männer wechselten Blicke und Hor seufzte tief. „Wir werden dir helfen, soweit wir können. Du kannst mit uns reisen, bis wir den Handelsweg erreichen. Aber der Weg zurück zur Stadt ... der wird dein eigener sein. In der Stadt bist du auf dich allein gestellt und du kannst keine weitere Hilfe erwarten, die Götter und der Pharao sind unbarmherzig."

Kha nickte, Tränen traten ihm in die Augen. „Ich werde jeden Preis zahlen. Ich werde sie finden, ganz gleich, welche Opfer ich bringen muss."

Die Männer waren alles andere als gewöhnliche Nomaden. Sie waren eine Gemeinschaft von ungleichen Außenseitern, deren Lebenswege sich auf ungewöhnliche Weise gekreuzt hatten. Einige von ihnen waren Ausgestoßene, die als Opfer falscher Anschuldigungen gezwungen waren, ihre Heimat zu verlassen. Andere hatten ihre Familien an die Wüste oder an Krankheit verloren und suchten Trost in der Gesellschaft von Gleichgesinnten. Und dann gab es diejenigen, die aus reiner Abenteuerlust unterwegs waren, Männer, die das Leben in den Dörfern und Städten gegen die endlose Weite der Wüste eingetauscht hatten.

Hor, der Anführer, hatte einst eine Familie, die er liebte und ein Zuhause, das er nie wiedersehen würde. Seine Stimme war oft ruhig, doch in seinen Augen lag ein unauslöschlicher Schmerz. „Die Wüste nimmt, aber sie gibt auch", hatte er gesagt, als die Männer sich am Feuer versammelt hatten. Seine Weisheit und Stärke gaben der Gruppe Halt und sein Wort war Gesetz, nicht aus Zwang, sondern aus Respekt.

Neben ihm saß Sabu, dessen Wangenknochen von Entschlossenheit und Stolz sprachen. Er war der Abenteuerlustige, der mit einem jungenhaften Lächeln auf den Lippen und einem ständigen Funkeln in den Augen durch die Wüste zog. Doch selbst er, der scheinbar alles im Leben leicht nahm, starrte schweigend in die Flammen, als würde er nach einem verlorenen Traum greifen.

Die anderen Männer waren genauso verschieden wie die Sterne am Himmel. Jeder hatte eine Geschichte, die ihn hierhergeführt hatte und doch verband sie ein unsichtbares Band der Gemeinschaft. Sie waren wie Seelenverwandte, die trotz ihrer Unterschiede durch die Härte der Wüste und die gemeinsamen Erfahrungen zueinandergefunden hatten.

Für Kha, der neu zu ihnen gestoßen war, öffneten sie ihre Gemeinschaft, als hätten sie schon immer auf ihn gewartet. Die Männer kannten die Gefahren, die die Wüste mit sich brachte – die Hitze, die Kälte, die Einsamkeit.

Sie verbrachten die Nacht in der Wüste, umgeben von der Dunkelheit und den leisen Geräuschen der Nacht. Kha saß nahe am Feuer, seine Gedanken immer bei Neferet. Er wusste, dass der Weg vor ihm voller Gefahren war, aber in der Wärme des Feuers und der Gegenwart der Männer fand er einen Funken Hoffnung.

Hor erzählte ihm von den Sternen, die über ihnen funkelten, von den alten Geschichten, die von Liebenden berichteten, die gegen alle Widrigkeiten zueinander fanden. Kha hörte aufmerksam zu und in seinem Herzen formte sich ein Entschluss, der stärker war als je zuvor. Selbst wenn Hindernisse unüberwindbar schienen – er würde nicht aufgeben.

# XXVI

## DAS ORAKEL

Neferet wurde in den Saal des Tempels von Amun, dem höchsten aller Götter, geführt, wo das Orakel ihre Zukunft bestimmen sollte. Die anderen Priesterinnen hatten sie in ein einfaches weißes Gewand gekleidet, das weit entfernt von der Kalasiris war, die sie einst als Hohepriesterin getragen hatte. Der Saal war erfüllt von Rauch, der von brennenden Kräutern aufstieg und der Duft von Myrrhe und Weihrauch lag schwer in der Luft.

Vor ihr saß das Orakel, eine alte Frau mit tiefen Falten im Gesicht und Augen, die schienen, als könnten sie in die tiefsten Geheimnisse der Seele blicken. Ihre Hände ruhten auf einem großen Stein, dessen Oberfläche mit alten Symbolen und eingravierten Zeichen bedeckt war, als ob er die Weisheit der Jahrtausende in sich trug.

Als Neferet vor ihr kniete, schien die Zeit stillzustehen. Die Priesterinnen flüsterten Gebete und der Klang ihrer Stimmen hallte in Neferets Kopf wider.

Das Orakel schloss die Augen und eine tiefe Stille legte sich über den Saal, als ob die Zeit selbst innehielt, um Neferets Schicksal abzuwägen. Die Luft schien schwerer zu werden, als würde eine unsichtbare Macht über das Urteil wachen. Die alte Frau legte ihre knochigen Hände auf den Stein und ein kaum wahrnehmbares Zittern ging durch ihre Finger, während sie die Verbindung zu den Kräften der Götter suchte. Die Priesterinnen verstummten und in der plötzlichen Stille war nur das sanfte Knistern der brennenden Kräuter zu hören, deren Rauch sich kräuselte und die Luft mit einem intensiven und betörenden Duft erfüllte.

Der Stein unter den Händen des Orakels begann sanft zu vibrieren, als würde die Erde selbst die Entscheidung erahnen. Unter ihren geschlossenen Lidern bewegten sich die Augen der alten Frau, als suchten sie nach Antworten in einer anderen Wirklichkeit, in einer Ebene jenseits des menschlichen Verständnisses. Der Rauch formte seltsame Muster in der Luft, Figuren, die nur denjenigen offenbart wurden, die die Geheimnisse des Göttlichen zu entschlüsseln vermochten.

Plötzlich atmete die alte Frau tief aus und es wirkte, als sei eine unsichtbare Last von ihr genommen worden. Ihre Hände krallten sich in das Gestein, als würde sie die Weisheit der Götter aus der Tiefe heraufbeschwören. Sie flüsterte Worte in einer alten, längst vergessenen Sprache, die die Priesterinnen ringsum in Ehrfurcht erstarren ließen. Es schien, als ob die ganze Welt den Atem anhielt und alle auf das Urteil der Götter warteten.

Die alte Frau vor Neferet öffnete schließlich ihre Augen, langsam, als ob sie aus einer tiefen Meditation erwachte. Ihre Augen schimmerten im sanften Licht des Raumes und für einen kurzen Augenblick sah Neferet etwas darin – eine tiefe, unendliche Weisheit, die aus einer anderen

Welt zu kommen schien. Sie blickte Neferet lange an, bevor sie sprach. Ihre Stimme, kaum mehr als ein Flüstern, hatte dennoch die Macht, jeden Winkel des Raumes zu erreichen.

„Die Götter haben dein Herz geprüft, Hohepriesterin. Sie kennen die Wahrheit deiner Liebe." Die Worte schienen von einer unsichtbaren Macht getragen zu sein und jeder im Raum konnte die Schwere der Entscheidung fühlen, die nun gefällt wurde. „Doch die Gesetze der Menschen und der Götter stehen im Einklang, um das Gleichgewicht der Welt zu wahren."

Die Augen des Orakels schienen für einen Augenblick voller Mitgefühl zu sein, als ob es das Schicksal, das Neferet bevorstand, bedauerte. Doch dann wurden sie wieder hart, als ob sie die unnachgiebige Entschlossenheit der Götter selbst widerspiegelten.

Neferet schluckte hart, ihr Körper bebte leicht, doch sie hielt dem Blick des Orakels stand. „Was immer das Urteil sein mag, ich werde es tragen. Meine Liebe zu Kha ist unerschütterlich und ich werde sie nicht verleugnen."

Die alte Frau neigte den Kopf leicht und ihre Augen schienen für eine kurze Zeit weich zu werden, als ob sie Neferet für ihren Mut bewunderte. Doch dann setzte sie sich aufrecht hin und ihre Worte hallten das endgültige Urteil wider.

„Die Götter haben entschieden, dass deine Taten dich vom Tempel entfernen müssen. Du wirst nicht länger die Hohepriesterin sein und du wirst deine Verbindung zu Isis aufgeben müssen. Die Strafe für deinen Ungehorsam ist der Verlust deines Platzes unter den Auserwählten. Fortan wirst du im Palast des Pharaos als einfache Dienerin arbeiten und niedere Aufgaben verrichten. Fernab von deiner einstigen Macht und Würde wirst du nun deinen Platz finden."

Ein Raunen ging durch die Versammlung der Priesterinnen und Neferets Herz krampfte sich zusammen. Der Tempel, der Ort, der einst ihre Heimat und Zuflucht gewesen war, würde ihr für immer verwehrt bleiben. Doch das war nicht das, was sie noch immer mit Unruhe erfüllte. Ihre Gedanken waren bei Kha, bei der Gefahr, der er ausgesetzt war und sie wusste, dass sie ihn niemals aufgeben würde.

Neferet fühlte Tränen in ihre Augen steigen, doch sie zwang sich, stark zu bleiben. Sie kniete tief vor dem Orakel nieder, ihre Stirn berührte den kalten Steinboden. „Ich nehme mein Schicksal an", sagte sie, ihre Stimme bebend, aber ohne zu zögern. „Doch meine Liebe zu Kha werde ich nie bereuen. Keine Strafe kann uns trennen."

Die Priesterinnen erhoben sich und begannen leise zu murmeln, während das Orakel die Augen schloss, als ob es müde von der Last ihrer Worte wäre. „Möge Isis dir die Einsicht gewähren, die du suchst, Neferet. Der Weg der Liebe ist oft der schwerste. Doch in der Dunkelheit gibt es oft einen Weg, den selbst die Götter nicht vorhersehen können."

Ein Zittern ging durch Neferet, als die Wachen an ihre Seite traten und sie sanft, aber bestimmt am Arm fassten. Die alte Frau sah ihr ein letztes Mal in die Augen. „Du bist gefallen, Neferet, aber vielleicht – eines Tages – wirst du die wahre Natur deiner Bestimmung verstehen."

Neferet wurde von den Wachen aus dem Saal geführt, ihre Füße bewegten sich wie im Traum über den kalten

Tempelboden. Jeder Schritt hallte wie ein endgültiger Abschied von ihrem früheren Leben. Ihr Herz war schwer, doch ihre Gedanken waren klar. Kha lebte, irgendwo da draußen – und sie würde ihn finden. Kein Urteil, kein Tempel, keine Götter würden sie aufhalten.

Die Wachen, die das Urteil vollstreckten, sahen in Neferets Strafe jedoch mehr als nur göttliche Gerechtigkeit. Für sie war es eine Möglichkeit, ihre eigene Macht zu zeigen und die Hohepriesterin, die einst über ihnen stand, zu demütigen.

In Neferets Blick glomm eine unheimliche Kraft, die die Wachen fürchteten und für etwas Dunkles hielten. Um sie im Auge zu behalten und jeden weiteren Ungehorsam zu unterbinden, wurde sie in den Palast des Pharaos geführt. Dort sollte sie fortan unter der strengen Aufsicht des Palastes eine einfache Dienerin sein, gebunden an niedere Arbeiten, fern von ihrer einstigen Macht und ihrem heiligen Amt.

Neferet senkte den Blick, ihre Augen verborgen vor den prüfenden Blicken der Wachen und verharrte in stillem Schweigen. In ihrem Inneren formte sich ein neuer Gedanke, leise und doch unerschütterlich – eine Möglichkeit, die alles verändern könnte.

Der Palast des Pharaos, der nun zu ihrem Käfig werden sollte, könnte auch ihr Weg in die Freiheit sein. Im Gewand der gehorsamen Dienerin würde sie einen Weg zu Kha finden, gleich welche Opfer dieser erforderte.

# XXVII

## DIE GEHEIME KAMMER

Neferet, nun eine einfache Dienerin im Palast des Pharaos, machte sich ihre neue Stellung zunutze, um heimlich Wissen zu erlangen. Bald schon trug sie einfache Gewänder, ihre einstige Würde begraben unter den Aufgaben, die man ihr zuwies: das Reinigen der Hallen, das Zubereiten und Tragen von Speisen.

Doch während sich Neferet durch die Gänge bewegte, brannte in ihrem Herzen ein Feuer. Hier, in der Nähe des Pharaos und seiner Berater, würde sie einen Weg finden, ihren Plan zu vollenden. Obwohl ihre Aufgaben bescheiden waren, lauschte sie mit wachsamer Aufmerksamkeit auf jedes geflüsterte Wort.

Sie wurde im Palast misstrauisch beobachtet, alle Diener und Priester wussten von ihr und Kha. Alle fürchteten sich vor seiner Rückkehr, davor, dass seine Liebe die Ordnung stören könnte, die sie so verzweifelt aufrechterhalten wollten.

Neferet erfuhr, dass Wachen in die Wüste geschickt wurden, um nach dem verbannten Steinmetz Ausschau zu halten. Und sie erfuhr, dass Wachen die Stadttore sicherten, bereit, Kha zu töten, sollte er jemals zurückkehren. Doch sie ließ sich nicht einschüchtern. Ihre Liebe zu Kha verlieh ihr eine Kraft, die sie nie für möglich gehalten hätte.

Eine mutige ältere Dienerin, die Neferets inneren Kampf bemerkt hatte, entschied sich, ihr zu helfen. Ihr Name war Merit und ihr Gesicht war von tiefen Falten durchzogen, die von einem langen Leben voller Arbeit und Hingabe zeugten. In ihren Augen lag eine Sanftheit, die Neferet seit ihrer Kindheit kannte. Merit war eine Vertraute von Neferets Mutter gewesen und hatte oft auf die junge Neferet geachtet, als ihre Mutter mit den heiligen Pflichten des Tempels beschäftigt war.

Eines Nachts, als der Palast in stiller Dunkelheit lag, trat Merit leise an Neferet heran und flüsterte: „Hohepriesterin, ich bewundere eure Stärke. Ich habe eurer Mutter Nefertari gedient und euch als kleines Mädchen gesehen, das durch die Hallen des Tempels lief, voller Neugier und Staunen. Eure Mutter war stolz auf euch und ich sehe den gleichen Mut in euch wie in ihr.“

Merit hielt inne, ihre Stimme wurde sanfter, doch ihre Worte trugen eine drängende Dringlichkeit. „Wenn ihr fliehen wollt, müsst ihr wissen, dass es einen alten Gang unter der Nordmauer der Stadt gibt. Eure Mutter sprach oft davon, dass er einst als Fluchtweg für Priesterinnen in Zeiten der Gefahr genutzt wurde. Ich kenne den Zugang und kann euch zeigen, wo er liegt.“

Sie beugte sich näher zu Neferet, ihre Stimme nun kaum mehr als ein Hauch. „Doch es gibt noch etwas. Der alte Ptah, der Imi-ra sesh, hat eine geheime Kammer, versteckt tief unten im Palast. Eure Mutter wusste davon und ich habe sie einst begleitet, als sie dort wichtige Aufzeichnungen hinterließ. Auf einer Papyrusrolle sind die geheimen Gänge verzeichnet."

Merits Augen suchten die von Neferet und in ihrem Blick lagen sowohl Entschlossenheit als auch Hoffnung. „Ich helfe euch nicht nur aus Ergebenheit, Hohepriesterin. Ich helfe euch, weil ich glaube, dass die Götter einen Plan für euch haben."

Neferet wusste, dass ihr Mut nicht ausreichte, wenn sie ihre Flucht nicht sorgfältig vorbereitete. In den letzten Tagen hatte sie mit leisen Schritten und Augen, die immer wachsam blieben, Vorräte gesammelt. Sie stahl aus den Vorratskammern des Palastes, immer nur wenig, um keine Aufmerksamkeit zu erregen. Tonschalen, trockene Datteln, einige Fladenbrote, getrocknetes Fleisch und Wasserbeutel aus Ziegenleder. Diese Vorräte versteckte sie in einem alten Leinensack, den sie zwischen Kammern, die von den anderen Bediensteten gemieden wurden, untergebracht hatte.

Der Palast war ein Ort der Pracht, aber auch ein Ort der Furcht. Neferet wusste, dass jede falsche Bewegung, jeder verdächtige Blick ihren Plan verraten konnte. Als sie eines Nachts durch die Hallen schlich, die Wachen sorgfältig beobachtend, hörte sie Schritte und musste in den Schatten einer gewaltigen Steinsäule treten.

Ihr Atem stockte und für einen Augenblick war ihr Herz so laut, dass sie fürchtete, die Wachen könnten es hören. Doch die Schritte entfernten sich und sie atmete leise aus. Jeder dieser Augenblicke fühlte sich an, als würde sie auf einem schmalen Grat wandeln, bei dem jeder Fehltritt den sicheren Untergang bedeutete.

Endlich, in einer dieser Nächte, als die Dunkelheit am tiefsten war und der Wind leise durch die Gänge des Palastes wehte, wagte sie sich in die verborgene Kammer von Ptah. Die Kammer selbst war klein und lag verborgen hinter einem verzierten Torbogen. Der Raum war angefüllt mit alten Papyrusrollen, die bis zur Decke aufbewahrt wurden. Der erdige Geruch alter Schriftstücke erfüllte die Luft. Hier sammelte der Schreiber die Geheimnisse vergangener Zeiten. Neferet schlich sich hinein, den Kopf immer wieder drehend, um sicherzustellen, dass ihr niemand folgte.

Ihre Hände glitten über die abgenutzten Regale, während sie die Schriftrollen durchsah. Das Licht ihrer Öllampe warf zitternde Schatten an die Wände, die beinahe so lebendig wirkten wie die Erinnerungen an die Gefahren, die draußen lauerten. In der Kammer entdeckte sie eine Tür, halb verborgen hinter einem schweren Vorhang aus grobem Stoff. Dahinter verbarg sich eine weitere, die geheime Kammer, in der sie die wichtigen Aufzeichnungen vermutete.

Sie öffnete die Tür so leise wie möglich, ihr Herz schlug wild in ihrer Brust. Die geheime Kammer hinter dem Vorhang war größer, als sie erwartet hatte. Ein kalter Schauer lief ihr über den Rücken. Hier hatte die Zeit ihren eigenen Willen – jede Ecke des Raums war ein stiller Zeuge der Vergangenheit.

Der Boden war mit schweren Steinplatten ausgelegt und die Wände waren gesäumt von alten, vergilbten Schriftrollen und verstaubten Tonsiegeln. Ein steinerner Tisch stand in der Mitte, darauf lagen abgenutzte Schriften, deren Zeichen kaum noch zu erkennen waren. In einer Nische an der gegenüberliegenden Wand war eine kleine Kiste aus dunklem Holz verborgen, deren Deckel sorgfältig mit Hieroglyphen verziert war. Neferet zögerte kurz, bevor sie die Kiste öffnete. Sie spürte, dass die Antwort auf ihre Fragen hier irgendwo sein musste.

Ihre Hände zitterten, als sie die alten Schriftrollen durchsah. Ein leises Geräusch ließ sie erstarren. Ihr Atem blieb stehen und ihr Blick wanderte zur Tür. War jemand da? Sie lauschte, doch es blieb still. Ihr Herz schlug weiter heftig, während sie die Schriftrollen weiter durchsah, bis sie die Karte entdeckte. Ihre Augen glitten über die feinen Linien und ihr wurde klar, dass dies ihre Hoffnung war. Sie rollte die Karte zusammen, verbarg sie unter ihrem Gewand und schlich zur Tür, immer noch von der Furcht begleitet, entdeckt zu werden.

Jeder Schritt aus der Kammer hinaus fühlte sich an wie ein Erfolg und eine Gefahr zugleich. Als sie aus der Kammer trat, blickte sie in den Gang des Palastes und lauschte der Stille der Nacht. Sie wusste, dass sie nicht aufhören durfte, sich zu bewegen.

Der Weg zurück zu ihrem Versteck war lang und jede Ecke, die sie umrundete, jede Säule, an der sie vorüberging, schien ihr ein Flüstern zuzurufen: „Vorsicht, Neferet." Doch ihre Liebe zu Kha trieb sie weiter, in ihrem Herzen brannte die Entschlossenheit, dass sie das Unmögliche schaffen würde.

Sie gelangte schließlich zu der kleinen Kammer, in der sie ihre Vorräte versteckt hatte. Sie setzte die Lampe ab und atmete erleichtert aus, als sie die Karte sicher in dem alten Leinensack verstaute.

Neferet schloss kurz die Augen und dachte an Kha. Sie sah sein Gesicht vor sich, sein Lächeln, das wie ein Versprechen war, das all die Dunkelheit, die sie umgab, vertreiben würde. „Bald, mein Liebster", flüsterte sie in die Dunkelheit, „bald werden wir wieder zusammen sein."

# XXVIII

## NEFERETS FLUCHT

Neferet kniete in ihrer stillen Kammer des Palastes, ihre Katze ruhte auf ihrem Schoß, während ihre Finger sanft durch das weiche Fell strichen. „Seshat", flüsterte sie. Die Katze hob den Kopf, ihre grünen Augen blickten zu ihr auf, voller Vertrauen und Zuneigung. Seshat, ihre treue Begleiterin, spürte die Veränderung, den Schmerz in Neferets Herz.

„Ich kann dich nicht mitnehmen", sagte Neferet leise, ihre Stimme zitternd vor unterdrückten Tränen. „Die Wüste wäre zu hart für dich und ich könnte dich nicht schützen." Seshat schnurrte, als wolle sie Neferet beruhigen, als verstehe sie jedes Wort. Doch Neferet war wie gelähmt von dem bevorstehenden, schmerzenden Verlust ihrer treuen Begleiterin. Der Schmerz des Abschieds war fast unerträglich.

Merit trat leise in den Raum, ihre Schritte kaum hörbar auf den alten Steinplatten. Sie kniete sich zu Neferet, ihr Gesicht von Sorge und Mitgefühl gezeichnet. „Hohepriesterin, ich werde auf sie achten, so wie ich einst auf euch geachtet habe, als ihr ein Kind wart. Seshat wird bei mir sicher sein."

Neferet sah Merit an, ihre Augen voller Tränen, doch auch voller Dankbarkeit. „Sie ist alles, was mir noch an Heim und Sicherheit bleibt, Merit. Bitte sorge dafür, dass sie nicht allein ist." Ihre Stimme brach – sie drückte Seshat ein letztes Mal an sich, das weiche Fell an ihrer Wange.

Merit nahm die Katze vorsichtig in ihre Arme, während Neferet sich langsam erhob. Seshat sah Neferet nach, ihre Augen schienen die Trennung zu verstehen. Ihrer Kehle entkam ein leises Miauen, das Neferets Herz einen stechenden Schmerz versetzte.

„Geht jetzt, bevor die anderen etwas bemerken", sagte Merit sanft, ihre Stimme voller Dringlichkeit, aber auch Trost. „Seshat wird sicher sein und sie wird euch in euren Gedanken begleiten."

Neferet nickte, ihre Lippen bebten, doch sie zwang sich, sich umzudrehen. Mit einem letzten Blick auf Merit und Seshat verließ sie die Kammer, die Tränen liefen ihr lautlos die Wangen hinunter. Jeder Schritt fühlte sich an, als würde sie einen Teil von sich selbst zurücklassen, doch in ihrem Herzen spürte sie auch eine stille Hoffnung – die Gewissheit, dass Merit und Seshat einander Trost spenden würden, während sie selbst ihren Weg zu Kha suchte.

Ihr Weg hatte erst begonnen, aber in dieser Nacht spürte Neferet einen Hauch der Hoffnung wie einen warmen Luftzug auf ihrer Haut. Der Palast mochte voller Gefahren sein, doch ihre Liebe war stärker als jede Bedrohung, die in den dunklen Gängen lauerte.

Die Nacht hätte nicht stiller sein können, als Neferet ihre wenigen Habseligkeiten zusammenraffte. Die Dunkelheit lag schwer auf dem Palast wie eine Decke, die jede Bewegung, jedes Rascheln zu verraten drohte. Doch Neferet wusste, dass es keine Rückkehr geben konnte. Ihr Entschluss stand fest.

Sie nahm ihren alten Leinensack, in dem die Vorräte verstaut waren. Zwei Tonschalen, die Datteln, das getrocknete Fleisch, das Brot und die Wasserbeutel. Die Lampe, die sie trug, war klein, ihr Licht hell genug, um den nächsten Schritt zu erkennen, aber schwach genug, um nicht bemerkt zu werden. Die Flammenzunge zitterte leicht, als Neferet einen tiefen Atemzug nahm. Sie würde keine zweite Gelegenheit haben.

Langsam öffnete sie die Tür ihrer Kammer und blickte in den dunklen Gang. Sie lauschte auf die Geräusche der Nacht, das ferne Knarren der alten Mauern, das gelegentliche Klirren einer Lanze, wenn ein Wachposten sich bewegte. Neferet drückte sich in die Schatten und glitt, so lautlos sie konnte, durch die Hallen. Ihr Herz schlug wie wild und mit jedem Schritt ließ sie die Lasten der Vergangenheit ein Stück hinter sich.

Die Gänge des Palastes waren wie ein Irrgarten und nur dank ihrer Arbeit als Dienerin kannte Neferet die Wege, die am wenigsten von den Wachposten begangen wurden. Sie bewegte sich zielstrebig, schlich durch schmale Durchgänge und versteckte sich, wenn Schritte näher kamen. Mehrmals musste sie in den Schatten verschwinden, als Wachen vorbeigingen. Die Spannung in ihrem Körper ließ sie kaum atmen. Einmal schien ein Wachposten stehen zu bleiben, genau dort, wo sie sich verbarg. Sie konnte das Rasseln seiner Waffen hören und ihr Herz setzte für einen Augenblick aus. Doch dann entfernten sich die Schritte und sie wagte es, wieder Luft zu holen.

Endlich erreichte sie den versteckten Zugang zum unterirdischen Gang. Der schwere Stein, der den Eingang verdeckte, war mit Staub bedeckt. Neferet musste all ihre Kraft aufbringen, um ihn beiseite zu schieben. Ihre Arme schmerzten, doch sie dachte an Kha, an sein Gesicht, das ihr Mut verlieh. Sie dachte an die Versprechen, die sie einander gegeben hatten und daran, dass dies der einzige Weg war, um zusammen zu sein.

Mit einem letzten Ruck bewegte sich der Stein und ein kalter Hauch schlug ihr entgegen. Ihre Öllampe erlosch und sie nahm eine Fackel von den Wänden des Palastes. Neferet kniete sich nieder und hob die Fackel vor sich, um einen Blick in den Gang zu erhaschen. Die Stufen, die in die Tiefe führten, wirkten unheimlich, als wollten sie sie in eine andere Welt hinabziehen. Doch sie zögerte nicht. Mit einem festen Griff um die Fackel stieg sie hinab, jede Stufe schien in der Stille der Nacht zu knarren. Ihre Schritte hallten auf der Treppe wider und sie musste ihre Furcht zurückdrängen, damit sie nicht die Oberhand gewann.

Unten angelangt, fand sie sich in einem schmalen Gang wieder, dessen Wände aus nacktem Stein bestanden. Die Luft war feucht und es roch modrig. Sie spürte, wie die Kälte in ihren Körper kroch und zog ihren Umhang enger um sich. Der Weg war schmal und der Schein der Fackel beleuchtete nur wenige Schritte vor ihr. Doch Neferet wusste, dass sie keine Zeit zu verlieren hatte. Sie folgte der Karte, die sie bei sich trug, studierte jede Biegung, jeden Winkel und achtete sorgfältig darauf, keinen falschen Weg einzuschlagen.

Immer wieder blickte sie über die Schulter, aus Angst, verfolgt zu werden. Jeder kleine Laut, das Tropfen von Wasser oder das Rascheln von etwas Unsichtbarem schien ihr Herz zum Stillstand zu bringen. Doch nichts hielt sie auf. Ihre Entschlossenheit trieb sie voran, Schritt für Schritt, durch die Dunkelheit und die Einsamkeit der unterirdischen Welt. Es gab keinen Weg zurück.

Nach einer Weile, die ihr wie eine Ewigkeit vorkam, erreichte sie eine Stelle, an der der Gang breiter wurde. Sie hielt inne, um die Karte noch einmal zu betrachten. Das war die Stelle, an der der Gang sich verzweigte. Einer der Wege führte zurück in den Palast, einer hinaus in die Freiheit. Neferet wählte den rechten Pfad, ihr Herz voller Hoffnung, dass es der richtige war. Sie wusste, dass jeder noch so kleine Fehler sie für immer von Kha trennen würde.

# XXIX

## DIE FLUCHT WIRD ENTDECKT

Der nächste Morgen brachte ein unheilvolles Gefühl mit sich. Die ersten Strahlen der Sonne drangen durch die schweren Vorhänge der großen Halle, als ein lauter Ruf die Stille durchbrach. Eine der Dienerinnen hatte Neferets Kammer leer vorgefunden. Sofort wurden alle Wachen benachrichtigt. Wachposten eilten herbei und das Murmeln der Unruhe breitete sich wie ein Lauffeuer durch die Gänge des Palastes aus.

Nebamun, als Vorsteher des Großen Hauses für den gesamten Palast verantwortlich, erhielt sofort diese Nachricht. Eilig schritt er durch die Gänge des Palastes, sein Gesicht angespannt und seine Augen vor Ärger und Wut blitzend. Er wusste, dass das Verschwinden der ehemaligen Hohepriesterin, nun eine einfache Dienerin, weitreichende Folgen haben würde.

„Findet sie! Sie muss noch irgendwo im Palast sein", donnerte seine Stimme durch den Palast, während die Wachen seine Befehle entgegennahmen und hastig in alle Richtungen ausschwärmten. Der Vorsteher wusste jedoch, dass Neferet klug und entschlossen war. Es bestand eine große Wahrscheinlichkeit, dass sie bereits einen Plan zur Flucht in die Tat umgesetzt hatte.

Unterdessen wurden die Bediensteten des Palastes befragt. Die alte Merit, die schon seit vielen Jahren dem Palast diente, saß auf einem niedrigen Schemel in ihrer Kammer, als zwei Wachen sie holten und zu Nebamun brachten. Ihr Gesicht war ruhig, ihre Augen blickten offen, doch in ihnen lag auch eine Spur von Traurigkeit. Sie wusste, dass die Zeit kommen würde, in der man sie zur Rede stellen würde.

„Merit", begann Nebamun, als sie vor ihm stand. Seine Stimme war ruhig, doch seine Augen verrieten Ungeduld. „Du bist eine der wenigen, die oft in Neferets Nähe war. Sag mir, was du weißt. Wohin ist sie gegangen?"

Merit hob den Kopf, ihre Augen begegneten denen des Imi-ra ohne Furcht. „Mein Herr, ich bin nur eine alte Dienerin", sagte sie mit einer ruhigen, beinahe sanften Stimme. „Ich habe nichts gesehen und nichts gehört. Neferet hat ihre Aufgaben stets pflichtbewusst erledigt. Was auch immer geschehen ist, ich weiß nichts darüber."

Nebamun kniff die Augen zusammen und trat näher. „Merit, wir wissen beide, dass du mehr weißt, als du sagst. Neferet war nicht irgendeine Dienerin. Du musst etwas bemerkt haben – irgendetwas, das uns Hinweise geben könnte. Denk nach. Jede Kleinigkeit könnte entscheidend sein."

Merit senkte ihren Blick, als wolle sie die Worte des Vorstehers überdenken. In ihrem Herzen wusste sie, dass sie Neferet schützen musste. Sie dachte an die junge Frau, die so entschlossen und mutig gewesen war, dass sie sich gegen das Schicksal stellte. Merit konnte den Mut und die Liebe, die sie in Neferet gesehen hatte, nicht verraten.

„Ich bin alt, mein Herr, mein Gedächtnis lässt nach", sagte sie schließlich, ihre Stimme brüchig. „Vielleicht habe ich etwas gesehen, vielleicht auch nicht. Aber ich weiß, dass eine entschlossene Seele von niemandem aufgehalten werden kann."

Nebamun beobachtete Merit einen Augenblick lang schweigend, bevor er schließlich die Luft zischend durch die Zähne sog. „Das reicht nicht, Merit. Sollte ich herausfinden, dass du etwas verschweigst, wirst du die Folgen tragen müssen." Seine Stimme war schneidend, doch Merit blieb ruhig. Sie wusste, dass die Gefahr für sie ernst war, doch sie war bereit, sie zu tragen, wenn es bedeutete, Neferet zu schützen.

Die Wachen führten Merit fort. Nebamun blieb in der Kammer stehen, während der Morgen über den Palast hereinzog. Doch Merit hatte ihre Wahl getroffen – für die Liebe, für die Hoffnung, die Neferet in ihrem Herzen trug. Merit wusste jetzt, dass sie das Richtige getan hatte, auch wenn der Weg voller Gefahren sein mochte.

Das Verschwinden von Neferet würde nicht ohne Folgen bleiben. Tief in seinem Inneren spürte Nebamun, dass dies erst der Anfang war. Er würde nicht ruhen, bis er Neferet gefunden hatte.

Als der Morgen verging, rief Nebamun bewaffnete Wachen zusammen, um den gesamten Palast gründlich zu durchsuchen. Während der Suche stießen sie auf den Eingang zu dem geheimen Gang. Nebamun entschied, dass die Wachen den Gang absuchen sollten, um Neferet aufzuspüren.

Sethek, der Mann, der Kha und Neferet verraten hatte, wurde von Nebamun mit einer wichtigen Aufgabe betraut. Sethek stand an der Spitze einer Schar Wachen, die mit Fackeln und Schwertern bewaffnet war.

Nebamun führte sie zu dem verborgenen Eingang, der in den geheimen Gang führte. „Geht hinein! Durchsucht diesen Gang und findet Neferet. Sie darf nicht entkommen!", befahl Nebamun mit durchdringender Stimme.

Sethek nickte entschlossen, doch in seinem Inneren tobte ein Feuer, das ihn schon seit Jahren quälte. Er war von einem unbändigen Ehrgeiz zerfressen, einer Gier nach Macht und Anerkennung, die keine Grenzen kannte. Die Ernennung zum Anführer der Wachen war für ihn mehr als nur eine Aufgabe – es war der erste Schritt auf seinem Weg nach oben. Er war fest entschlossen, sich um jeden Preis zu beweisen, selbst wenn es bedeutete, auf andere Menschen keine Rücksicht zu nehmen.

Nebamun blieb am Eingang des Ganges stehen, sein Gesicht verhärtet. Der Gedanke, dass Neferet ihm entkommen könnte, ließ ihn vor Wut die Fäuste ballen. Für Nebamun war es eine Frage der Ehre – und er würde alles daran setzen, um das Gleichgewicht wiederherzustellen.

Als die Schar den dunklen Gang betrat, umgab sie die kühle, feuchte Luft des unterirdischen Ganges. Das Licht ihrer Fackeln flackerte unruhig, während Sethek voranging, sein Schwert fest in der Hand. Die Wände des Ganges waren alt und brüchig, kleine Risse durchzogen den Stein und gelegentlich fielen Staub und lose Steine zu Boden. Doch Sethek sorgte sich nicht um die gefährliche Umgebung. Sein unbarmherziger Ehrgeiz trieb ihn an, so wie er auch seine Männer antrieb.

„Schneller! Vorwärts!“, zischte er, ohne Rücksicht auf die Folgen. „Jedes Zögern ist ein Zeichen von Schwäche!“

Seine Stimme hallte durch den Gang und das Stampfen der schweren Schritte ließ die brüchigen Wände beben. Ein leises Grollen, kaum mehr als ein Flüstern, zog durch den Tunnel, doch Sethek missachtete es. Für ihn zählte nur der Erfolg.

Die Männer, erschöpft und zunehmend verängstigt, spürten die Gefahr. Doch der Zorn in Setheks Augen ließ sie nicht wagen, Einwände zu erheben. Mit jedem Schritt, mit dem sie sich tiefer in den Gang wagten, wurden die Erschütterungen stärker. Lose Steine fielen von der Decke und der Boden unter ihnen schien zu zittern.

„Weiter!“, brüllte Sethek, sein Schwert in die Dunkelheit erhoben. Doch seine Rücksichtslosigkeit brachte nicht nur das Vorhaben, sondern auch das Leben seiner Männer in Gefahr. Der Gang knarrte und ächzte wie ein lebendiges Wesen, das sich gegen die Eindringlinge zu wehren versuchte.

# XXX

## AUFBRUCH UND ABSCHIED

Als die Morgendämmerung über die Wüste hereinbrach und die ersten Sonnenstrahlen den Horizont färbten, machten sich die Nomaden bereit zum Aufbruch. Hor drückte Khas Hand, seine Augen waren ernst. „Möge dein Weg von den Göttern gesegnet sein, Kha. Die Wüste prüft uns alle, aber vielleicht finden die, die für die Liebe kämpfen, einen besonderen Segen."

Kha bedankte sich bei den Männern, seine Stimme war rau, aber voller Entschlossenheit. Mit einem letzten Blick auf das Feuer, das nun langsam verlosch, wandte er sich um und machte sich auf den Weg. Die Männer boten ihm an, ihn in eine andere Stadt mitzunehmen, wo er Schutz und vielleicht Arbeit finden könnte, doch Kha lehnte ab. „Ich kann nicht mit", sagte er leise, „nicht, solange Neferet im Tempel gefangen ist. Ich werde sie suchen, selbst wenn es mein Leben kostet."

Hor, der Anführer, sprach zu Kha: „Mein Sohn, die Liebe ist ein Geschenk und ein Fluch zugleich. Ich habe meine geliebte Frau verloren, doch ich sehe in dir die Stärke, das Unmögliche zu erreichen. Geh und finde sie, selbst wenn der Weg voller Gefahren ist."

In Khas Augen funkelte eine Mischung aus Hoffnung und Schmerz. „Ich werde zu ihr zurückkehren oder ich werde sterben."

Die Sonne neigte sich dem Horizont entgegen, als die Nomaden Kha zum Eingang einer alten, längst vergessenen Höhle führten, die versteckt hinter einer Ansammlung von Felsen lag, kaum zu erkennen in der wilden Landschaft der Wüste.

Hor zögerte kurz, bevor er tief ausatmend in einen Beutel griff und einen Dolch aus geschmiedeter Bronze hervorholte. Die Klinge war scharf geschliffen und glänzte matt im Licht der untergehenden Sonne. Der Dolch war eine tödliche Waffe und ein wertvolles Werkzeug zugleich. „Nimm dies", sagte Hor, seine Stimme leise, aber bestimmt. „Die Wüste birgt nicht nur Dunkelheit, sondern auch Gefahren. Möge dieser Dolch dir helfen, deinen Weg zu finden – und dich zu verteidigen, wenn es nötig ist."

Kha nahm die Klinge, spürte ihr Gewicht in seiner Hand und nickte dankbar. Der Dolch schien mehr als nur eine Waffe zu sein – er war ein stilles Versprechen, ein Symbol für das Vertrauen und die Hoffnung dieser Männer, die ihm halfen, trotz der Risiken, die sie selbst damit eingingen. Vorsichtig schob Kha die Klinge in das Leinenband, mit dem sein Schurz befestigt war und zog es fest, damit der Dolch sicher an seiner Seite blieb. Es war eine einfache Geste, doch sie gab ihm ein Gefühl der Sicherheit, als wäre er nun besser auf die Gefahren der Wüste vorbereitet.

Hor hielt inne, als würde er noch etwas abwägen und griff dann hinter sich zu einem weiteren Leinenbeutel, den er vorsichtig öffnete. „Und das hier", fuhr er fort, während er Kha den Beutel reichte. „Er enthält Früchte, Brot, getrocknetes Fleisch und zwei Beutel aus Ziegenleder, in denen Wasser ist. Es ist genug, um dich die ersten Tage zu stärken. In der Wüste ist Nahrung nicht das Einzige, was dir fehlt – das Wasser wird dein Leben sein."

Hor blickte ihm fest in die Augen, seine Miene ernst, fast väterlich. „Ich habe viele Männer gesehen, die dachten, sie könnten die Wüste bezwingen. Die meisten von ihnen kehrten nicht zurück. Geh mit Weisheit, Kha, und erinnere dich an deine Stärke – sie wird dich führen."

Kha blickte Hor mit dankbaren Augen an, ergriff die Gaben und fühlte eine tiefe Dankbarkeit in seinem Herzen. „Ich weiß nicht, wie ich diese Großzügigkeit je zurückzahlen kann", sagte Kha, seine Stimme leise und ernst.

Hor schwieg kurz und griff schließlich hinter sich, um eine Decke hervorzuholen. Sie war aus grobem, aber wärmendem Wollstoff gefertigt und trug deutliche Spuren des langen Gebrauchs. Die Kanten waren ausgefranst und an einigen Stellen waren Flickarbeiten zu erkennen, die jedoch sorgfältig ausgeführt worden waren. Die Decke roch nach Rauch und Wüste – ein Zeichen, dass sie viele Nächte am Feuer verbracht hatte. „Nimm auch diese", sagte Hor. „Die Nächte in der Wüste sind kalt und du wirst sie brauchen." Kha nahm die Decke entgegen und für einen Augenblick blieb er wortlos stehen.

Mit diesen einfachen Gaben schienen die Nomaden ihm mehr als nur Vorräte zu geben – es war, als gäben sie ihm auch Hoffnung und Zuversicht, als legten sie ihm ihre schützende Hand auf die Schulter, bevor er sich wieder auf den Weg machen musste.

Hor reichte Kha eine Fackel, die in einem warmen Licht flackerte. Das Feuer spiegelte sich in den Augen der Männer wider, die Kha schweigend anblickten. Die Fackel war einfach, aus robustem Holz gefertigt, doch sie trug eine symbolische Bedeutung, die weit über ihre äußere Gestalt hinausging. Das Holz fühlte sich warm und vertraut in seiner Hand an. Die in Öl getränkten Lumpen am Ende der Fackel flackerten unruhig, als Kha seinen Griff verstärkte. Die Flamme war klein, aber sie trotzte der allumfassenden Dunkelheit, ein einsamer Lichtschein, der seinen Weg erhellte.

Die Fackel war mehr als nur eine Lichtquelle – sie war Hoffnung in seiner Hand, eine Erinnerung daran, dass selbst in den dunkelsten Stunden ein kleines Licht ausreichen konnte, um den Weg zu finden.

Kha nickte dankbar und umklammerte die Fackel fest, während er jeden der Männer mit einem Blick voller Rührung bedachte. „Ich danke euch", sagte er und seine Stimme zitterte leicht unter dem Gewicht seiner Gefühle.

„Ohne euch wäre ich verloren. Eure Großzügigkeit hat mir nicht nur das Leben gerettet, sondern mir auch die Hoffnung zurückgegeben. Diese Gaben sind mehr, als ich jemals erwarten konnte und ich werde alles tun, um sie zu ehren."

Kha hielt inne, seine Augen ruhten auf Hor und er fügte leise hinzu: „Ich weiß nicht, wie ich das je zurückgeben kann, aber ich verspreche, ich werde es versuchen. Möge das Glück euch stets begleiten."

Hor trat noch einmal zu Kha, kurz bevor dieser in die Dunkelheit der Höhle eintauchte. „Warte noch", sagte er leise, griff in die Tasche seines Gürtels und holte zwei glatte, schwarze Feuersteine hervor. Er hielt sie in seiner Hand, während die Flamme der Fackel in seinen Augen tanzte. „Diese Feuersteine werden dir helfen, wenn du ein Feuer entfachen musst. Sie mögen klein und unscheinbar wirken, doch in der Wüste können sie über Leben und Tod entscheiden."

Hor legte die Steine behutsam in Khas Hand, seine Finger drückten sich kurz gegen die des jüngeren Mannes. „Vergiss nicht, dass das Feuer nicht nur Wärme spendet, sondern auch Hoffnung. Wenn die Nächte kalt und einsam werden, erinnere dich daran, dass du es in deiner Hand hast, Licht in die Dunkelheit zu bringen."

Kha nickte dankbar und steckte die Feuersteine in den Beutel an seiner Seite. „Ich werde sie gut nutzen, Hor. Und ich werde an eure Worte denken, wenn die Flamme auflodert."

„Dies ist dein Weg, Kha", sagte der Anführer und deutete auf den dunklen Höhleneingang. Seine Stimme klang rau und ernst. „Folge den Gängen geradeaus, bis du an eine Gabelung kommst. Dort nimm den linken Weg. Aber sei vorsichtig, die alten Gänge sind brüchig und können leicht nachgeben. Mögen die Götter über dich wachen."

Die Männer nickten ihm zum Abschied zu, doch es war mehr als nur ein einfaches Nicken. Einer nach dem anderen legten sie ihm eine Hand auf die Schulter, ein stilles Zeichen ihrer Unterstützung.

„Möge das Glück dich begleiten, Kha", sagte Hor mit ernster Miene, seine Augen spiegelten eine Mischung aus

Sorge und Hoffnung. Sabu trat vor, sein Blick fest: „Du hast einen weiten Weg vor dir, aber erinnere dich daran, dass du nicht allein bist. Unsere Gedanken sind bei dir."

Kha fühlte, wie die Worte und Gesten der Männer ihn umhüllten, wie eine unsichtbare Rüstung gegen die Gefahren, die ihn erwarteten.

Er nickte tief dankbar, seine Stimme zitterte leicht, als er antwortete: „Ich danke euch, wirklich. Ohne euch wäre ich verloren." Er blickte zu den Männern, der ihm geholfen hatten und fügte hinzu: „Eure Großzügigkeit und euer Mut werden mir immer in Erinnerung bleiben. Möge das Glück auch euch begleiten und euch schützen."

# XXXI

## DER GEHEIME GANG

Die Last der Vorräte und der anderen Gaben machten Khas Schritte schwer und jeder Schritt schien ihn weiter in die Tiefe der Ungewissheit zu ziehen. Doch mit jedem Schritt spürte er auch die Stärke, die ihm diese Gaben verliehen hatten – eine Mischung aus Hoffnung und Entschlossenheit.

Der kalte Luftzug aus der Höhle ließ ihn frösteln, doch er umklammerte die Fackel fester und setzte seinen Weg fort, wissend, dass jeder Schritt ihn seiner Zukunft näherbrachte, so ungewiss sie auch sein mochte.

Die Höhle verschluckte das Licht des Tages und das einzige, was blieb, war das unruhige Flackern seiner Fackel. Der Boden unter seinen Füßen war uneben und die Luft roch feucht und modrig. Es fühlte sich an, als wäre er in eine andere Welt eingetreten – eine Welt, die geheimnisvoll und voller Gefahren war. Die Dunkelheit schien ihn wie eine lebendige Kraft einzuhüllen, flüsternd und zerrend, als wolle sie ihn von seinem Weg abbringen.

Kha bewegte sich vorsichtig durch die Gänge. Die Wände waren eng und die Fackel warf tanzende Schatten auf die Steine. Seine Schritte hallten leise wider, als er tiefer in die Höhle vordrang. Das leise Knirschen von Steinen unter seinen Füßen schien in der bedrückenden Stille wie ein donnerndes Echo. Der schwache Lichtschein der Fackel flackerte unruhig und die Schatten auf den Höhlenwänden schienen zu tanzen, als würden sie ihn verspotten.

Die Stille war erdrückend und ein unheimliches Gefühl schlich sich in sein Herz. War es die Höhle selbst, die ihn beobachtete? Ein leises Tropfen von Wasser hallte durch die Dunkelheit und die Luft schien plötzlich kälter zu werden. Kha hielt inne, sein Atem ging schwer und für kurze Zeit lastete die Einsamkeit auf ihm wie der Schatten eines alten Fluchs.

Doch in seinem Herzen trieb ihn der Gedanke an Neferet weiter voran. Er wusste, dass sie irgendwo auf ihn wartete und nichts würde ihn aufhalten können. Seine Hand umklammerte die Fackel fester, als würde das flackernde Licht allein ihn vor den Schatten beschützen.

Er erreichte schließlich die Gabelung, die Hor erwähnt hatte. Ohne zu zögern bog Kha nach links ab, wie ihm gesagt worden war. Der Gang wurde schmaler, die Wände drückten sich immer enger zusammen und der Boden unter seinen Füßen wurde rutschiger. Ein unheimliches Knarren und Knirschen schien von allen Seiten zu kommen. Kha konnte nicht sagen, ob es von den Steinen oder von etwas anderem herrührte.

Plötzlich, als er eine Biegung passierte, hörte er hinter sich ein lautes Rumpeln. Der Boden erzitterte und Steine begannen von der Decke zu stürzen. Kha drehte sich erschrocken um, seine Augen weiteten sich vor Schreck, als er sah, wie der Gang hinter ihm in sich zusammenbrach. Staub wirbelte auf und es war, als würde ihn die Höhle verschlingen. Für einen Augenblick glaubte er, dass dies sein Ende sein könnte, dass er niemals die Gelegenheit haben würde, Neferet wiederzusehen.

Doch in ihm flammte ein unbezwingbarer Wille auf. Er drehte sich entschlossen nach vorn und rannte weiter, seine Schritte setzte er so schnell, wie der unebene Boden es zuließ.

Die Fackel warf gespenstische Schatten auf die Wände und das Echo seiner Schritte klang wie ein Trommelschlag, der durch die endlose Dunkelheit hallte. Sein Herz schlug wild, seine Gedanken waren nur bei Neferet. Er durfte nicht scheitern. Nicht hier. Nicht jetzt.

Nach einer scheinbar endlosen Zeit, in der Kha die Dunkelheit durchquert hatte, sah er schließlich in der Ferne ein schwaches Licht. Sein Herz schlug schneller und er spürte, wie eine Mischung aus Erleichterung und Hoffnung ihn durchströmte. Doch je näher er dem Licht kam, desto bedrückender wurde die Stille. Es war, als hätte die Höhle selbst den Atem angehalten, um Kha zu beobachten.

Er beschleunigte seine Schritte, bis er schließlich eine Gestalt im Gang erblickte. Das schwache Licht flackerte auf den Wänden und als er näher kam, erkannte er, dass es Neferet war. Sein Herz raste, als er ihre Umrisse im Schein der Fackel erkannte.

„Neferet", rief er, die Worte kaum hörbar, doch voller Hoffnung und Verzweiflung. Als sie näher kam, sah er die

Tränen, die ihre Wangen hinunterliefen. Kha spürte, wie sein eigenes Herz von einer Wärme durchflutet wurde, die jede Spur von Unruhe in ihm auflöste. Neferet rannte auf ihn zu, das Gesicht von der Fackel in ihrer Hand erleuchtet, ihre Augen glänzten im Schein der Flamme.

Die Höhle um sie herum schien stillzustehen. Kein Tropfen, kein Hallen, nichts – nur die beiden, verbunden in einer Welt aus Dunkelheit und Licht.

Ohne ein weiteres Wort schloss Kha sie in seine Arme, spürte ihre Wärme, ihre Zärtlichkeit. Er wusste, dass all die Qualen, die er durchlebt hatte, ihn zurück zu Neferet geführt hatten.

„Ich dachte, ich hätte dich verloren", flüsterte Neferet, ihre Stimme voller Erleichterung und unstillbarer Sehnsucht. Ihre Hände zitterten leicht, als sie Khas Gesicht berührte. Ihre Augen suchten die seinen, als wollte sie sich vergewissern, dass dies kein Traum war.

„Nichts konnte mich aufhalten, zu dir zu kommen", antwortete Kha leise, doch seine Stimme trug die Kraft eines Schwurs. Er hielt sie fester, spürte ihren Herzschlag gegen seinen eigenen und wusste, dass diese Nähe das einzige war, was zählte.

Die Höhle um sie herum verlor ihre Bedrohlichkeit. Die Schatten, die zuvor wie stumme Zeugen gewirkt hatten, zogen sich zurück. Das flackernde Licht der Fackeln vereinte sich zu einem warmen Schein, der ihre Gesichter erhellte.

In diesem Augenblick waren sie nicht länger Gefangene der Dunkelheit, sondern zwei Seelen, die inmitten der Gefahr wieder zueinandergefunden hatten.

# XXXII

## DAS WIEDERSEHEN

Vor sich sah Neferet das Lodern einer Fackel und eine Gestalt, die langsam auf sie zukam. Ihr Herz setzte einen Schlag aus, doch Zweifel durchzogen ihre Gedanken wie ein plötzlicher Sturm. War es wirklich Kha? Oder spielte ihr die Dunkelheit einen grausamen Streich?

Sie stand regungslos, ihre Augen suchten verzweifelt nach einer Bestätigung, während die Gestalt näher kam. Ein leises Flackern der Fackel offenbarte ein vertrautes Gesicht – eines, das sie niemals vergessen hatte und auch nie vergessen wird. Doch konnte es wirklich sein?

Neferet machte einen zögernden Schritt nach vorn, dann noch einen. Ihr Atem stockte und als sie Khas Stimme hörte, die ihren Namen rief, brachen alle Zweifel. „Kha!" schrie sie, ihre Stimme hallte durch den dunklen Gang. Sie rannten aufeinander zu und als sie sich endlich erreichten, fielen sie einander wortlos in die Arme.

Neferet spürte, wie Kha sie festhielt, als würde er nie wieder loslassen. „Ich dachte, ich hätte dich verloren", flüsterte sie, ihre Stimme zitternd vor Erleichterung.

Kha sah ihr in die Augen, das Licht der Fackeln spiegelte sich in seinen dunklen Augen. „Nichts auf dieser Welt könnte mich von dir fernhalten“, sagte er leise, aber mit unerschütterlicher Entschlossenheit. „Ich habe dich gesucht, durch Dunkelheit und Gefahr, und jetzt, wo ich dich gefunden habe, lasse ich dich nie mehr los.“

„Wir müssen von hier fliehen, zusammen“, sagte Neferet, ihre Hand immer noch fest in seiner.

„Zusammen“, bestätigte Kha. „Ich werde dich beschützen, Neferet. Wir finden einen Weg.“

Der Gang, den Kha genommen hatte, war durch den Einsturz versperrt und beide mussten einen neuen Weg suchen. Dank der Karte, die Neferet in der geheimen Kammer von Ptah an sich genommen hatte, fanden sie einen anderen Ausgang.

Der unterirdische Gang erstreckte sich vor ihnen dunkel und endlos, die Luft darin war feucht und stickig. Nur das Licht ihrer Fackeln erleuchtete den Weg. Ihre Schritte hallten leise wider, als sie durch die schmalen, unebenen Gänge liefen, die in die Tiefe der Erde führten. Das Gewicht der Dunkelheit drückte auf sie, aber ihre Entschlossenheit, gemeinsam zu fliehen, war stärker als jede Furcht, die sie verspürten.

Kha hielt Neferets Hand fest, ihre Finger verschlungen, als wäre dies das Einzige, was ihn vor der Leere der Dunkelheit bewahrte. „Gemeinsam können wir jede Prüfung bestehen, Neferet“ flüsterte er, seine Stimme kaum mehr als ein heiseres Raunen. Er blickte sie an und in ihren Augen, die im Licht ihrer Fackeln funkelten, sah er eine Stärke, die ihn selbst stärkte. „Nichts kann uns trennen, solange wir vereint bleiben.“

Neferet nickte, ihr Atem war flach, aber ihr Blick fest. „Ich werde nicht zulassen, dass uns irgendetwas trennt“, sagte sie und in ihrer Stimme lag ein unerschütterlicher Wille. „Nicht der Pharao, nicht der Tempel und nicht die Dunkelheit dieser Gänge. Unsere Seelen sind verwoben, wie Fäden im göttlichen Gewebe, in diesem Leben und in jedem anderen.“

Sie bewegten sich weiter durch den Gang, der sich schier endlos in der Tiefe zog. Manchmal hörten sie das leise Tropfen von Wasser, das irgendwo von den Wänden sickerte und das Geräusch verstärkte die Kälte, die langsam in ihre Glieder schlich, doch sie hielten einander fest. Das Wissen, dass sie nun wieder vereint waren, gab ihnen die nötige Kraft weiterzugehen.

Plötzlich hielt Neferet inne, ihre Augen suchten die Dunkelheit ab, als ob sie etwas gespürt hätte. „Hörst du das?“ flüsterte sie und hielt ihre Fackel hoch, um mehr von dem Gang zu erleuchten.

Ein entferntes Geräusch von Stimmen und das Klirren von Metall durchbrachen die Stille. Die Stimmen und das Klirren kamen aus dem Gang, aus dem Neferet gekommen war.

„Wir müssen fort“, flüsterte Neferet, ihre Hand fest um seine geklammert. „Unsere Liebe mag unsterblich sein, aber die Götter haben uns hier unten nur einen flüchtigen Augenblick gewährt.“

Kha stellte sich hinter Neferet und schirmte sie mit seinem Körper ab. „Es könnten Wachen sein“, murmelte er mit angespannter Stimme. „Wir müssen vorsichtig sein. Wenn sie uns hier finden, sind wir verloren.“ Er sah sie an, seine Augen spiegelten die Sorge wider, die in seinem Herzen wuchs.

Neferet nickte und gemeinsam setzten sie ihren Weg fort, dieses Mal noch vorsichtiger, ihre Schritte fast lautlos auf dem unebenen Boden. Die Stimmen und das Klirren hallten durch die Dunkelheit, wie ein unheilvolles Echo, das jeden ihrer Schritte zu verfolgen schien. Mit jedem Augenblick schienen sie näher zu kommen, als ob die Gefahr selbst atmete und durch die engen Wände des Gangs vordrang, ein Flüstern von nahendem Unheil, das keinen Ausweg ließ. Jeder Atemzug wurde schwerer und die Enge des Ganges schien sich mit jedem Schritt zu verstärken, als würde die Dunkelheit sie verschlucken wollen.

Nach einer Weile sahen sie schließlich eine Veränderung – der Gang begann, sich zu weiten und in der Ferne sahen sie einen schwachen Lichtschein. Hoffnung durchströmte sie beide und Kha fühlte, wie sein Herz schneller schlug. „Hier ist der Ausgang", sagte er und auf sein Gesicht stahl sich ein Lächeln, das er in den letzten Tagen fast vergessen hatte. „Wir sind fast frei, Neferet."

Neferet erwiderte sein Lächeln, ihre Augen glitzerten vor Hoffnung und einer Vorahnung des Glücks, das sie suchten. „Nur dieser letzte Teil des Weges steht noch vor uns", sagte sie, ihre Stimme bebend vor Erwartung. „Dann wird uns nichts mehr aufhalten können."

Sie beschleunigten ihre Schritte, das Licht wurde heller und die Kälte schien nachzulassen, als ob die Hoffnung, die sie in sich trugen, die Dunkelheit um sie herum erhellte.

Doch plötzlich, kaum dass sie einen weiteren Schritt gemacht hatten, hörten sie ein lautes Geräusch hinter sich. Steine lösten sich von den Wänden und donnerten zu Boden. Es schien, als ob der Gang hinter ihnen zusammenbrechen würde.

„Lauf!" schrie Kha, packte Neferets Hand und zog sie mit sich. Ihre Fackeln flackerten unruhig, doch am Ende des Ganges wies das fahle Licht des Mondes den Weg. Sie rannten, ihre Schritte hallten wider, während der Boden unter ihnen erzitterte. Staub und Gestein fielen von den Decken und es war, als würde die Erde selbst versuchen, sie aufzuhalten.

Kha spürte, wie sein Körper unter der Anstrengung zitterte, jeder Atemzug ein stechender Schmerz in seiner Brust, doch er ließ Neferet nicht los. „Wir werden es überstehen!" rief er, seine Stimme fast erstickt von der Anstrengung. Der Ausgang lag nur noch wenige Schritte entfernt, sie mussten ihn erreichen.

Mit einem letzten verzweifelten Sprung erreichten sie den Ausgang, stolperten hinaus ins Freie und fielen auf den sandigen Boden. Hinter ihnen hörten sie das donnernde Krachen der Höhle, die endgültig in sich zusammenbrach. Staub wirbelte auf, hüllte sie in eine dichte Wolke und für einen Augenblick konnten sie nichts sehen, nichts hören außer dem eigenen schnellen Atmen und dem Dröhnen in ihren Ohren.

Doch dann – die Schreie. Gedämpft, panisch, hallend durch die einstürzenden Gänge. Kha und Neferet drehten sich um, ihre Gesichter noch immer von Staub bedeckt. Der Klang der Schreie der Verfolger, die von den herabstürzenden Steinen begraben wurden, drang zu ihnen, grausam und endgültig.

Die Zeit schien stillzustehen, während der Gang hinter ihnen von der Last des Gesteins verschluckt wurde. Die Schreie verstummten langsam, begraben unter den tonnenschweren Felsen. Die Totenstille, die dann folgte, war fast unerträglich.

Neferet schloss die Augen, eine Träne lief ihr über die Wange. „Es ist vorbei", flüsterte sie, ihre Stimme gleichzeitig von Erschöpfung und Erleichterung erfüllt. Kha legte ihr sanft die Hand auf die Schulter und nickte, seine Augen noch immer auf den verschlossenen Eingang gerichtet. „Wir haben es geschafft ... aber zu welchem Preis?" murmelte er, während der Mondschein ihr einziges Licht blieb, das sie in die unbekannte Freiheit führte.

Kha drehte sich zu Neferet um, seine Hände umfassten ihr Gesicht, während er ihre Augen suchte. „Geht es dir gut?" fragte er, seine Stimme zitterte vor Sorge und Erleichterung zugleich. Er konnte es kaum glauben, dass sie tatsächlich entkommen waren.

Neferet nickte, Tränen rannen ihr über die staubbedeckten Wangen und sie lachte leise, ein Lachen voller Erleichterung und Freude. „Ja, Kha. Wir sind frei." Ihre Arme schlangen sich um seinen Hals und sie zog ihn zu sich, küsste ihn, als wollte sie all die Sorge und die Dunkelheit der letzten Tage aus ihren Herzen verbannen. „Nichts wird uns jemals wieder trennen", flüsterte sie gegen seine Lippen, ihre Worte ein stiller Schwur.

# XXXIII

## IM ANGESICHT DER FREIHEIT

Die Wüste breitete sich vor ihnen aus, unendlich und frei, und zum ersten Mal seit langer Zeit fühlten sie sich wieder lebendig und frei. Ein neuer Tag begann und es war, als würden die Götter selbst auf sie herabsehen, als hätten sie ihnen diesen Augenblick des Glücks gewährt.

Kha und Neferet wussten, dass der Weg vor ihnen voller Herausforderungen sein würde, doch sie hatten einander und das war alles, was zählte.

„Wohin jetzt?" fragte Neferet leise, während sie Kha sanft von sich löste und in seine Augen blickte. Die Wüste schien nichts Bedrohliches mehr zu haben   sie war zu einem Versprechen geworden, einem Zeichen für die Freiheit, die sie endlich erreicht hatten.

Kha sah in die Ferne, seine Augen voller Hoffnung und Entschlossenheit. „Wir gehen weiter", sagte er, seine Stimme fest. „Weit weg von hier, an einen Ort, an dem wir wirklich frei sein können. Wir sind entkommen, Neferet. Jetzt beginnt unser neues Leben."

Die Sonne stand mittlerweile hoch am Himmel und brannte unerbittlich auf die unendliche Weite der Wüste herab. Der Schweiß perlte auf Khas Stirn und selbst Neferet, die sonst so stark wirkte, spürte die Erschöpfung in ihren Gliedern. Sie zog ihn sanft an der Hand. „Wir müssen ruhen", sagte sie, ihre Stimme leise, aber bestimmt.

Sie suchten den spärlichen Schatten eines Felsens. Kha ließ den Leinensack mit Vorräten, den er von den Nomaden erhalten hatte, von seiner Schulter gleiten. Mit geübten Bewegungen zog er einen Beutel mit Wasser und ein in Leinen gewickeltes Stück Brot hervor. „Hier", sagte er und reichte Neferet den Beutel, „trink du zuerst."

Neferet nahm einen tiefen Schluck, das kühle Wasser fühlte sich wie ein Segen in ihrer ausgetrockneten Kehle an. Sie reichte den Beutel an Kha, der ebenfalls trank, die Augen geschlossen, als wollte er den Augenblick vollständig in sich aufnehmen.

Kha erzählte von den Nomaden, die ihn so freundlich aufgenommen und ihm selbstlos mit Vorräten geholfen hatten.

Er griff in seine Tasche und holte Brot und getrocknete Datteln, die er von den Nomaden erhalten hatte. „Die Nomaden gaben mir das, als wir die Dünen überquerten. Ich habe sie für den richtigen Augenblick aufgehoben."

Gemeinsam teilten sie das Brot und die Früchte, spürten, wie die einfache Mahlzeit neue Kraft in ihre erschöpften Körper brachte. „Die Sonne wird bald noch stärker brennen", sagte Kha, während er den Beutel wieder verschloss, „wir müssen sparsam und vorsichtig sein."

Kha legte seine Hand auf die ihre. „Wir werden unseren Weg finden", sagte er leise, „weil wir zusammen sind."

„Und solange wir vereint bleiben, kann uns nichts aufhalten", ergänzte Neferet.

Mit neuer Entschlossenheit standen sie auf, ihre Leinensäcke über die Schultern gehängt und setzten ihren Weg fort, die heiße Wüste hinter sich lassend, mit nichts als der Hoffnung vor sich.

Neferet hielt sich dicht an Kha, ihre Augen suchten den Horizont, der sich in unendlicher Weite vor ihnen erstreckte. Die Wüste schien sowohl Fluch als auch Hoffnung zu sein – eine unbarmherzige Leere, die ihnen dennoch die Möglichkeit zur Flucht bot.

Kha zog seinen Lederriemen mit dem Anch fester an seinen Hals und ließ den Blick über die flimmernden Dünen wandern. „Wir müssen uns beeilen", sagte er, seine Stimme leise, aber entschlossen. „Sollten die Verfolger sich einen Weg durch die Trümmer gebahnt haben, werden sie uns bald dicht folgen."

Neferet nickte stumm, ihre Schritte unsicher auf dem unebenen Sand. Sie trug einen einfachen Umhang, der sie vor der glühenden Sonne schützen sollte, doch der Stoff schien schwerer mit jedem Schritt, den sie machte. Kha reichte ihr einen der Beutel aus Ziegenleder. „Trink, aber sparsam. Das Wasser muss reichen, bis wir eine Oase finden."

Die Hitze des Tages begann schnell zuzunehmen und bald fühlte es sich an, als würde der Sand unter ihren Füßen glühen. Der Wind trug feine Körner mit sich, die ihre Gesichter wie Nadelstiche trafen. Jeder Schritt wurde zur Herausforderung, doch Kha ließ Neferets Hand nicht los. Sein Griff war fest und beruhigend, eine stille Stärke, die sie durch die endlose Weite trug.

„Denkst du, wir können diesem Unheil entkommen?“ fragte Neferet leise, ihre Stimme von Erschöpfung und Sorge gefärbt. Kha hielt inne, drehte sich zu ihr um und sah ihr tief in die Augen. „Ja“, sagte er, ohne zu zögern. „Solange wir zusammen sind, werden wir unseren Weg finden.“

Seine Worte trugen eine Zuversicht, die Neferet die Last ihrer Angst nahm. Sie nickte und setzte ihren Weg fort, ihre Schritte nun etwas sicherer.

Als die Sonne ihren höchsten Punkt erreichte, fanden sie Zuflucht unter einem der wenigen Felsen, die aus dem Sand ragten. Kha breitete seine Decke aus und ließ Neferet sich darauf niederlassen, während er den Horizont absuchte. Er wusste, dass sie nicht lange verweilen konnten, doch auch er brauchte einen Augenblick, um Kraft zu schöpfen. „Wir müssen eine Oase erreichen, bevor die Hitze uns bezwingt“, murmelte er mehr zu sich selbst als zu ihr.

# XXXIV

## IM SCHATTEN DER HOFFNUNG

Der Nachmittag zog sich quälend langsam dahin. Die Wüste schien endlos und jeder Schritt fühlte sich schwerer an als der letzte. Doch gerade, als die Schatten länger wurden und die Temperaturen zu sinken begannen, erspähte Kha in der Ferne eine dünne Linie aus Grün. Sein Herz schlug schneller und er deutete darauf. „Dort! Eine Oase! Wir haben es fast geschafft!"

Neferet richtete sich auf, ihre Erschöpfung wich einer Welle von Erleichterung. Gemeinsam beschleunigten sie ihre Schritte, trotz der brennenden Müdigkeit in ihren Gliedern. Als sie die Oase erreichten, umfingen sie der Duft von Wasser und das Rascheln der Blätter.

Die kleinen Palmen der Oase warfen kaum Schatten, als Kha und Neferet erschöpft am Rand des kleinen Teiches niederknieten. Der Teich war nicht mehr als ein Tümpel, das Wasser klar, aber nicht tief. Kha schöpfte mit den Händen und reichte Neferet das kühle Nass. Erst als sie ihren Durst gestillt hatte, nahm er selbst einen tiefen Schluck.

Die Oase war klein, aber sie bot Schutz und eine Pause, die sie dringend benötigten. Neferet setzte sich ins Gras, ließ das Wasser durch ihre Finger laufen und spürte, wie sich ihr Geist langsam beruhigte.

„Es ist zu klein hier", sagte Neferet schließlich, ihre Stimme müd. „Wir können nicht bleiben. Das Wasser reicht nur für wenige Tage und es gibt nur wenig Schutz vor der Sonne."

„Kha", sagte sie leise, ihr Blick auf ihn gerichtet, „du bist meine Stärke. Ohne dich wäre ich verloren."

Kha lächelte und setzte sich neben sie, sein Blick wandte sich zum Himmel, wo die ersten Sterne zu sehen waren. „Und du bist meine Hoffnung, Neferet. Ohne dich hätte ich keinen Grund, zu kämpfen."

Sie schwiegen, ließen die kühle Abendluft ihre erhitzten Körper umhüllen und fanden für einen Augenblick Frieden in der Unendlichkeit der Wüste, die sie umgab.

„Wir ruhen uns aus, essen etwas und bei Sonnenaufgang machen wir uns auf den Weg", sagte Kha. „Vielleicht finden wir eine größere Oase. Wir müssen das Wasser auffüllen. Wir wissen nicht, wann wir die nächste Oase finden."

Neferet nickte und zog die Ziegenlederbeutel aus ihrer Tasche. Kha füllte sie sorgfältig, während Neferet sich auf einen flachen Stein setzte und die kleine Ansammlung von Palmen betrachtete. Die Wüste wirkte hier fast friedlich, doch die Weite und die Hitze machten klar, dass sie keine Gnade kannte.

Sie saßen nebeneinander im Schatten einer der Palmen, teilten das Brot und das getrocknete Fleisch, das Neferet aus dem Palast mitgenommen hatte. Das Brot war trocken und das Fleisch war zäh, aber es stillte den Hunger und gab Kraft, die sie so dringend benötigten.

Während sie aßen, sah Kha zu, wie die Sonne langsam unterging und die Wüste in ein warmes, goldenes Licht tauchte.

„Es ist seltsam", sagte Neferet, während sie das Brot brach. „So lebensfeindlich die Wüste ist, sie hat eine eigene Schönheit."

„Ja", stimmte Kha zu, „aber wir dürfen uns nicht von ihr täuschen lassen. Sie ist gnadenlos, wenn wir schwach werden."

Die Nacht brach herein und mit ihr kam die ersehnte Kühle. Kha breitete die Decke aus, die er von Hor erhalten hatte und beide legten sich darunter. Der weiche Sand bot nur wenig Komfort, doch die Nähe zueinander war Trost genug. Die Sterne funkelten über ihnen, ein endloses Meer aus Lichtpunkten, das ihnen das Gefühl von Unendlichkeit gab.

„Denkst du, wir finden einen anderen Ort, der uns Zuflucht bietet?" fragte Neferet leise, ihre Stimme ein Flüstern in der Stille der Nacht.

„Wir müssen", antwortete Kha, seine Stimme ruhig und fest. „Es gibt keinen anderen Weg."

Neferet schloss die Augen und spürte die Wärme von Khas Arm, der sie leicht umfasste. Ihre Gedanken wanderten zu den Gefahren, die noch vor ihnen lagen, aber auch zu der Stärke, die sie aus ihrer Verbindung schöpften. Irgendwo da draußen, inmitten der Unbarmherzigkeit der Wüste, musste ein anderer Ort auf sie warten, ein Ort, an dem sie endlich frei sein konnten.

Als die ersten Strahlen der Morgensonne den Himmel erhellten, weckte Kha Neferet. „Es ist Zeit", meinte er sanft. Gemeinsam packten sie ihre wenigen Habseligkeiten, füllten die Beutel aus Ziegenleder erneut auf und begaben sich zurück in die endlose Weite der Wüste.

Die Hoffnung auf eine größere Oase trieb sie voran, während die unbarmherzige Hitze sie bald wieder herausforderte. Doch sie hielten durch, ihre Schritte getragen von der Kraft ihrer Liebe und der Gewissheit, dass sie die nächsten Tage nur gemeinsam überstehen konnten.

# XXXV

## DIE OASE

Die Sonne stand hoch am Himmel, als Kha und Neferet die ersten Anzeichen von Leben in der endlosen Wüste erblickten. In der Ferne schimmerte ein grünes Fleckchen, umgeben von Palmen. Ein Gefühl von großer Erleichterung durchströmte ihre Körper.

Es war die Oase, der Ort, von dem sie so oft gesprochen hatten, wenn sie sich Mut zusprachen. Der Ort, an dem sie hoffen konnten, endlich Frieden zu finden.

Die Oase umfasste eine weitläufige Fläche, die sich wie ein grüner Teppich in der goldenen Wüste ausbreitete. und bot eine Mischung aus sattem Grün und klarem, funkelndem Wasser, das im Licht der Sonne wie flüssiges Silber schimmerte.

Sie breitete sich vor ihnen aus wie ein verstecktes Paradies inmitten der erbarmungslosen Wüste. Die Oase war ein unerwartetes Geschenk, eine kleine Welt für sich, fernab von der kargen, sandigen Umgebung.

Das sanfte Glitzern von Wasser, eingerahmt von Tamarisken und hohen Palmen, wirkte wie eine Einladung zu Frieden und Neubeginn. Die Luft war von einem erdigen

Duft erfüllt und das Zwitschern einzelner Vögel verlieh dem Ort eine beruhigende Lebendigkeit.

Ihre Schritte beschleunigten sich und jede Elle, die sie dem Grün näher kamen, schien die Last der vergangenen Tage leichter zu machen. Die Oase war ein Versprechen auf Sicherheit, auf Ruhe, auf ein neues Leben fernab von den Verfolgern und fern von den steinernen Wänden des Tempels, der sie getrennt hatte. Der Wind trug den Duft von frischem Wasser und blühenden Pflanzen zu ihnen und Kha spürte, wie sein Herz in seiner Brust vor Freude hämmerte.

Das Herz der Oase bildeten drei weitläufige Wasserstellen, natürliche Becken, die von unterirdischen Quellen gespeist wurden. Das Wasser war kristallklar und spiegelte die strahlende Sonne sowie den endlosen Himmel wider.

Jede dieser Wasserstellen hatte ihre eigene Bedeutung, auch wenn die Oase verlassen und still war – ein Ort, der darauf wartete, wieder mit Leben gefüllt zu werden. An manchen Stellen sprudelten kleine Wasserfontänen aus der Tiefe, die leise gluckernd die Ruhe durchbrachen.

Die Ufer waren gesäumt von Schilf und einer üppigen Pflanzenpracht, die mit der trockenen Landschaft drumherum eine wunderschöne Abwechslung bildete.

Hohe, majestätische Dattelpalmen mit schweren Büscheln süßer Früchte erhoben sich am Rand der Oase, ihre dichten Wedel spendeten wohltuenden Schatten. Der Wind raschelte sanft durch die Wedel und das Geräusch klang wie ein beruhigendes Flüstern, das von weit herkam.

Neben den Palmen standen Tamarisken, deren bläulich-grüne Blätter eine zarte, fast silbrige Farbe hatten.

Die Tamarisken wuchsen dicht und ihre Zweige boten den Vögeln Schutz, die immer wieder singend durch die Luft schwirrten und der Oase Leben einhauchten.

Entlang der Wasserstellen breitete sich dichtes Schilf aus und wo das Wasser auf die trockene Erde traf, sprossen saftig grüne Gräser, die von den Wildtieren der Umgebung gern gefressen wurden. Hier und da wuchsen Lotusblumen, deren weiße und blaue Blüten wie zarte Tupfer auf dem tiefen Grün der Pflanzen lagen. Ihre großen, rundlichen Blätter schwammen auf der Wasseroberfläche, Libellen mit schimmernden Flügeln schwirrten über ihnen hinweg, während sie das warme Licht des Tages einfingen.

Unter den Palmen wuchsen Büsche, die leuchtend rote und orangefarbene Blüten trugen, deren süßer Duft von der Brise getragen wurde. Diese Büsche standen in voller Blüte und lockten zahlreiche Schmetterlinge an, die mit ihren farbenfrohen Flügeln wie lebendige Edelsteine durch die Luft tanzten.

Auch Feigenbäume gediehen hier, deren breite Blätter Schatten spendeten und deren Früchte wie kleine grüne Kugeln zwischen dem dichten Laub hingen. Ihre Zweige neigten sich unter der Last der reifen Früchte, die süß und voller Saft waren.

In der Oase standen Olivenbäume mit knorrigen Stämmen und deren silbrig-grüne Blätter im Sonnenlicht schimmerten. An einzelnen Granatapfelbäumen hingen leuchtend rote Früchte schwer an den Ästen.

Die Oase bot eine unglaubliche Vielfalt an Leben – Insekten summten in der Luft, Vögel nisteten in den Bäumen und kleine Eidechsen huschten über den warmen Sand, während sie sich von der Sonne wärmen ließen.

Einige wilde Ziegen streiften umher, nutzten das kühle Wasser und fraßen an den Gräsern. Die Oase war ein lebendiger Ort, ein Ort der Hoffnung und der Erholung, der wie ein Juwel im rauen Sand der Wüste lag.

Der erste Teich, dessen Wasser klar und unbewegt war, lag ruhig im Schatten der Palmen. Er war von Steinen umgeben, die das Wasser schützten. Das klare, kühle Nass spiegelte die letzten Strahlen der untergehenden Sonne wider. Dieses Wasser schien rein und unberührt, ein stilles Geschenk der Natur für die wenigen, die diesen Ort erreichten.

Sie knieten sich nieder, schöpften Wasser mit ihren Händen und tranken tief. Das kühle Nass war ein Segen für ihre ausgetrockneten Kehlen und für einen Augenblick schlossen beide die Augen, als wäre dies der erste wirkliche Frieden, den sie seit Tagen gespürt hatten. Der Wind rauschte leise durch die Palmen und die Stille der Oase schien sie wie ein Schutzmantel zu umgeben.

Ein zweiter Teich lag etwas abseits, tief verborgen zwischen den Dattelpalmen und Feigenbäumen. Sein Wasser war einladend und das Spiel von Licht und Schatten auf der Oberfläche verlieh ihm eine fast magische Anziehungskraft. Kha und Neferet erkannten sofort, dass dieser Teich sich dazu eignete, den Staub der Reise von sich zu waschen und neue Kraft zu schöpfen.

Etwas weiter entfernt fanden sie einen dritten Teich, dessen Oberfläche von sanften Bewegungen der Fische durchzogen war. Die flinken Tiere schienen im klaren

Wasser zu tanzen. Kha blieb stehen, um das Leben darin zu beobachten.

„Hier können wir später Fische fangen", sagte er mit einem leichten Lächeln. „Sie werden uns stärken, für alles, was noch vor uns liegt." Neferet nickte, während sie die kleinen Wirbel betrachtete, die die Fische hinterließen. Der Teich wirkte wie eine lebendige Quelle, die Nahrung und Hoffnung versprach.

Ihre Blicke wanderten zum zweiten Teich zurück. „Komm", sagte Kha, während er Neferet seine Hand reichte. „Wir müssen den Staub der Wüste abwaschen."

Neferet nickte und ließ sich von ihm leiten. Als sie den Rand des zweiten Teichs erreichten, legten sie ihre Bekleidung ab und ließen sie sorgfältig auf einem nahen Stein nieder. Das Wasser war kühl und erfrischend und als sie eintauchten, fühlten sie, wie die Anspannung der letzten Tage von ihnen abfiel. Neferet lachte leise, als Kha sie spielerisch mit Wasser bespritzte. Für einen Augenblick schien die Welt nur aus dieser Leichtigkeit und Freude zu bestehen.

„Hier, in diesem Wasser, fühle ich mich, als könnten wir alles hinter uns lassen", sagte Neferet, während sie die Tropfen von ihrem Gesicht wischte. Kha schwieg und sah sie an, seine Augen voller Zärtlichkeit. Dann nahm er ihre Hände in seine und sagte leise: „Vielleicht ist das der Ort, an dem wir ein neues Leben beginnen können."

Das kühle Wasser umgab sie wie ein schützender Schleier und für diesen Augenblick gab es nichts außer ihnen und der Oase, die sie aufgenommen hatte. Als sie schließlich aus dem Wasser stiegen, fühlten sie sich erfrischt, erneuert, bereit, sich ihrem Schicksal zu stellen – gemeinsam.

Nachdem sie sich im erfrischenden Wasser abgekühlt hatten, ließen Kha und Neferet sich am Ufer des Teiches nieder. Die Sonne war nun fast untergegangen und die ersten Sterne funkelten am Himmel.

Ein leiser Wind strich durch die Palmen, während das Wasser sanft plätscherte. Neferet lehnte sich zurück und blickte hinauf zu den Sternen. „Dieser Ort fühlt sich wie ein Traum an", sagte sie leise.

Kha nickte, sein Blick auf die ruhige Wasseroberfläche gerichtet. „Es ist, als hätte die Wüste diesen Ort bewahrt, nur für uns."

Sie sahen sich schweigend an, beide in Gedanken versunken, beide spürend, dass sie hier vielleicht etwas gefunden hatten, das mehr als nur Zuflucht war.

# XXXVI

## EIN HAUCH VON FREIHEIT

„Wir sind am Ziel, Neferet", sagte Kha leise, während er die Hand seiner Geliebten nahm und sie an seine Lippen führte. „Wir sind frei und wir haben einen Ort gefunden, an dem wir bleiben können."

Seine Augen funkelten im Sonnenlicht und Neferet spürte, wie eine Träne der Freude über ihre Wange rann.

„Ja, Kha", flüsterte sie, ihre Stimme zitternd vor unendlicher Hingabe. „Wir sind endlich frei. Hier können wir leben, fern von allem, was uns bedroht hat." Sie sah auf das Wasser, das ruhig und ungestört vor ihnen lag und ihre Augen wurden weich. „Vielleicht haben die Götter uns hierher geführt, damit wir endlich Frieden finden."

Die beiden wussten, dass sie für die Nächte einen Unterschlupf brauchen würden, um sich vor der Kälte und dem Wind zu schützen, der mit Einbruch der Dunkelheit aufkommen würde.

Gemeinsam begannen sie, einige Zweige und Äste der Tamarisken abzubrechen. Die Bäume schienen sich unter ihren Berührungen zu wiegen, als wollten sie Hilfe leisten. Sie sammelten große Lotusblätter, die sich entlang der

Wasserbecken erstreckten und deren kräftige, runde Blätter als Dach für ihren Schutz dienen konnten.

Mit vereinten Kräften bauten sie einen einfachen, aber geschützten Unterschlupf. Die Äste der Tamarisken bildeten das Gerüst, das sie mit den großen Feigenblättern abdeckten, um sich gegen den kühlen Nachtwind zu schützen. Ihre Hände bewegten sich still und gleichmäßig, fast so, als hätten sie dies schon viele Male zuvor getan – und vielleicht hatten sie es, in einem anderen Leben, in einer anderen Zeit.

„Ich werde ein Feuer machen", sagte Kha, während er das Gerüst betrachtete, das sie gemeinsam errichtet hatten. „Es wird uns wärmen und die Tiere fernhalten."

Mit geschickten Bewegungen sammelte er trockenes Holz und begann, Funken mit einem der Feuersteine zu schlagen.

Schon bald flackerten die ersten Flammen auf und ein wärmendes Licht umgab ihren kleinen Unterschlupf. Die Flammen warfen tanzende Schatten auf die Palmen und ließen die Oase wie einen magischen Ort erscheinen.

Neferet kniete am Ufer des stillen Gewässers. Das Schilf, das hier dicht wuchs, raschelte sanft im Wind und bot reichlich Möglichkeiten, die sie für ihre Zwecke nutzen konnte. Mit geübten Händen begann Neferet, die langen, biegsamen Halme zu sammeln, die sie zuvor sorgfältig ausgewählt hatte.

Ihre Hände glitten geschickt über die Halme, die sie zu Strängen drehte und miteinander verflocht. Die Bewegung war fast meditativ, doch in ihrem Inneren arbeitete ihr Geist fieberhaft. Jede Drehung, jeder Knoten war eine Erinnerung an den Tempel, an die kunstvollen Arbeiten, die sie dort gelernt hatte – und gleichzeitig ein Schritt weiter weg von dieser Vergangenheit, hin zu ihrem neuen Leben mit Kha.

„Wir brauchen etwas, das den Wind abhält" sagte sie leise, mehr zu sich selbst als zu Kha, der in der Nähe saß und den Unterschlupf weiter sicherte. „Wenn wir die Seile nutzen, können wir die Überdachung besser befestigen."

Kha trat zu ihr, nahm eines der fertigen Seile in die Hand und prüfte es mit einem nachdenklichen Blick. „Du hast eine Begabung für solche Dinge", sagte er mit einem leichten Lächeln. „Es ist stark – fast so stark wie du."

Neferet schenkte ihm ein kleines Lächeln, während sie weiterarbeitete. „Wir müssen stark sein, Kha. Für uns beide."

Die Seile, die sie aus dem Schilf flocht, wurden bald zu einer starken Befestigung ihres Unterschlupfs. Gemeinsam befestigten sie die Seile an den Stangen der Überdachung, die sie aus gesammelten Ästen errichtet hatten. Jeder Knoten, den Neferet zog, fühlte sich an wie ein weiterer Schritt in die Zukunft – eine Zukunft, die sie sich selbst erschufen, fernab von den Erwartungen und Urteilen der Welt.

Als die Sonne über der Oase sank und die Schatten länger wurden, saßen sie schließlich nebeneinander unter ihrem behelfsmäßigen Dach. Der Wind, der zuvor erbarmungslos an ihrem Schutz gezerrt hatte, war nun nicht mehr als ein leises Rauschen in der Ferne. Neferet legte die Hände in ihren Schoß und sah zu Kha, ihre Augen voller Dankbarkeit und Vertrauen.

„Glaubst du, wir können hier wirklich ein neues Leben anfangen?" fragte sie leise, fast scheu.

Kha legte seinen Arm um sie, zog sie näher an sich und schaute hinaus auf das glitzernde Wasser. „Ja, das glaube ich. Die Wüste mag hart sein, aber sie hat uns zu diesem Ort geführt. Wir werden stark sein, Neferet. Stark genug, um hier etwas Neues zu beginnen.“

Die Nacht senkte sich langsam über die Oase und die Sterne begannen am Himmel zu funkeln. Die sanfte Brise trug den Duft von Blüten und frischem Wasser mit sich und das leise Plätschern des Sees verlieh der Abendstunde einen friedlichen Klang.

In diesem Augenblick fühlten sie sich sicher – abgeschirmt von der Welt, umgeben von der lebendigen Stille der Oase, vereint in ihrer Liebe, die auch hier, fernab der Stadt, einen Weg gefunden hatte zu überdauern.

# XXXVII

## ENDLICH FREI

Am nächsten Morgen lenkte ein leises Rascheln in der Nähe ihre Aufmerksamkeit auf die Bäume am Rand der Oase. Zwischen den Schatten der Palmen bewegten sich in der Morgendämmerung dunkle Umrisse und das leise Meckern verriet, was es war. Neferet setzte sich auf und deutete in die Richtung. „Schau, Kha. Die Ziegen!"

Kha folgte ihrem Blick und lächelte sanft. „Vielleicht haben sie sich an diese Umgebung angepasst – so wie wir es bald müssen", sagte er, bevor er aufstand und sich das Wasser von den Armen strich. „Wenn wir sie einfangen können, hätten wir Milch."

Kha nickte nachdenklich. „Aber zuerst müssen wir sie fangen." Sein Blick ruhte auf den Tieren, die aufmerksam, aber nicht verängstigt, in ihre Richtung schauten. „Das wird nicht einfach, aber es ist möglich."

„Wir brauchen ein Seil", sagte Kha leise. Neferet nickte, ging zum dichten Schilf am Rand des Trinkwasserteichs und begann, die langen, biegsamen Halme mit Khas Dolch abzuschneiden. Mit geschickten Händen flocht sie die Halme zusammen, bis ein starkes Seil entstand. Ihre

181

Bewegungen waren ruhig und sorgfältig und das Seil wuchs rasch in ihrer Hand.

Während Neferet arbeitete, suchte Kha nach einem geeigneten Ort, um die Tiere zu treiben. „Dort", sagte er schließlich und deutete auf eine schmale, mit Büschen umsäumte Stelle. „Wenn wir sie dort hineinlenken, können wir sie leichter fangen."

Neferet reichte ihm das fertige Schilfseil und gemeinsam schlichen sie sich in die Nähe der Tiere. Kha stellte sich hinter die Ziegen, während Neferet langsam begann, die Tiere in Richtung der Büsche zu treiben. Sie bewegte sich leise, fast lautlos und hielt ihre Arme ausgebreitet, um die Ziegen auf ihrem Weg nicht entkommen zu lassen. Die Tiere waren misstrauisch, doch Neferet blieb geduldig und ließ ihnen Zeit, sich zu bewegen.

„Ganz langsam", flüsterte Kha, als er sich einer der Ziegen näherte. Die Tiere sprangen zur Seite, doch Neferet versperrte ihnen den Weg und lenkte sie zurück in die schmale Ecke. Schließlich gelang es Kha, eine der Ziegen mit dem Schilfseil zu fangen. Das Tier wehrte sich kurz, doch Khas ruhige, sanfte Hand und seine beruhigende Stimme brachten es schnell zur Ruhe.

„Wir haben es geschafft!" rief Neferet, ein Lächeln der Erleichterung auf ihrem Gesicht. Gemeinsam führten sie die Ziege zu einem schattigen Platz in der Nähe des Wassers. Kha kniete sich nieder, hielt das Tier ruhig, während Neferet die Tonschalen aus ihrem Leinenbeutel nahm. Vorsichtig begann sie, die Ziege zu melken. Die warme Milch tropfte in die beiden Schalen, die sie nacheinander füllte. Der Duft von frischer Milch erfüllte die Luft. Neferet betrachtete die gefüllten Schalen und stellte sie vorsichtig beiseite.

Die Ziegen schienen sich nach einer Weile an ihre Anwesenheit zu gewöhnen und bald grasten sie wieder friedlich unter den Palmen.

Kha nahm Neferets Hand und sagte „Komm, lass uns zum dritten Teich gehen." Neferet nickte und folgte ihm durch das schattige Dickicht, bis sie das klare Wasser des Teiches erreichten. Die Sonne spiegelte sich sanft auf der Oberfläche, während bunte Fische im Wasser tanzten.

Kha schnitt einen langen geraden Ast von einem der umliegenden Bäume und begann, dessen Ende mit seinem Dolch anzuspitzen. „Mein Vater hat mir beigebracht, wie man Fische mit einem Speer fängt", sagte er, während er angespannt arbeitete. Als die Spitze scharf genug war, watete er vorsichtig ins Wasser, seine Bewegungen ruhig und bedacht. Nach einigen Versuchen gelang es ihm, zwei Fische mit gezielten Stößen zu fangen, deren Schuppen im Licht schimmerten.

„Das wird ein Festmahl", sagte er mit einem triumphierenden Lächeln, während er die Fische in ein nasses Tuch wickelte. Gemeinsam kehrten sie zu ihrem Unterschlupf zurück.

Dort entfachte Kha ein kleines Feuer. Während die Flammen knisterten, bereitete Neferet die Fische zum Grillen vor. Die beiden arbeiteten schweigend, doch ihre Blicke trafen sich immer wieder voller stiller Verbundenheit. Neben dem Feuer legten sie frische Datteln und Feigen aus, die sie zuvor gesammelt hatten und stellten die beiden Schalen mit Milch daneben.

Als die Fische gar waren, setzten sie sich nebeneinander und begannen ihr erstes gemeinsames Frühstück in der Oase. Das leise Plätschern des Wassers und das sanfte Rauschen der Palmen umgaben sie, während sie aßen.

„Das ist ein Anfang“, sagte Kha leise, während er in die Weite der Oase blickte. „Unser Anfang.“

Neferet lehnte sich an ihn, ein Lächeln auf den Lippen. „Ja“, flüsterte sie, „und jeder Augenblick hier ist ein Geschenk.“

# XXXVIII

## VERBUNDEN DURCH ZEIT UND RAUM

Die Tage vergingen und jeder Tag war ein Geschenk, eine Gelegenheit, die Liebe zu leben, die ihnen so lange verwehrt geblieben war. Sie lachten miteinander, erzählten Geschichten aus ihrer Kindheit, schmiedeten Pläne für eine Zukunft, die nichts mehr mit den alten Fesseln des Tempels zu tun hatte.

Die Nächte in der Oase waren mild. Der Himmel, bedeckt mit unzähligen Sternen, schien ihnen zuzulächeln. Kha und Neferet lagen immer nebeneinander, die Arme umeinander geschlungen, während sie die Sternbilder betrachteten und sich Geschichten ausdachten, die über das hinausgingen, was die Priester ihnen jemals beigebracht hatten. Sie fühlten sich wie die ersten Menschen auf der Erde, fernab von Regeln, fernab von Verboten – nur sie und die Natur.

In einer dieser stillen Stunden, als die Sonne hinter den Palmen verschwand und der Himmel sich in orangefarbenen und violetten Tönen zeigte, erzählten sie sich die Erinnerungen an ihre Kindheit. Es war, als würde eine unsichtbare Hand die Verbindung zwischen ihnen noch tiefer und enger knüpfen.

Kha berichtete von seinen ersten Tagen als Lehrling seines Vaters, der Steinmetz gewesen war. Er sprach über die schweren, großen Steine, die sein kleiner Körper kaum bewegen konnte und von der Stimme seines Vaters, die in sein Ohr hallte und ihn anspornte, stark zu bleiben.

„Doch manchmal", sagte er leise, ein verträumtes Lächeln auf seinen Lippen, „in den Augenblicken der Stille, wenn der Staub des Tages sich legte und der Mond am Himmel stand, spürte ich etwas, das ich nicht verstand. Ich sah das Gesicht eines Mädchens vor mir, ihre Augen, die mich anstarrten und sie flüsterte meinen Namen. In meinem Herzen spürte ich, dass sie zu mir gehörte." Er sah Neferet an und in seinen Augen lag eine stille Bewunderung. „Jetzt weiß ich, dass es immer du warst."

Neferet, ihre Augen glänzend vor Gefühl und Tränen, erwiderte Khas Blick und nickte langsam. „Auch ich spürte es", flüsterte sie, ihre Stimme kaum mehr als ein Hauch. „Ich erinnere mich an die Abende im Tempel, als die anderen Priesterinnen um das Feuer saßen und Geschichten erzählten. Ich sollte mich auf die Worte konzentrieren, die sie über die Götter und die Rituale sprachen, doch oft schweiften meine Gedanken ab. Ich sah in meiner Vorstellung einen jungen Mann, der schwere Steine trug, der aber eine ungewöhnliche Sanftheit in seinen Augen hatte. In meinem Herzen flüsterte ich ihm Mut zu und gab ihm Kraft. Damals hielt ich es für einen Traum oder eine seltsame Eingebung. Aber jetzt, wenn ich dich ansehe, weiß ich, dass du es immer warst."

Ihre Hände trafen sich in der Mitte und sie spürten, wie die Verbindung, die immer in ihren Herzen ruhte, nun endlich zur vollen Blüte kam.

Kha nahm Neferets Hand und sagte, seine Stimme fest. „Unsere Seelen kennen sich seit Tausenden von Jahren, seit einer Zeit, an die sich niemand mehr erinnert. Wir waren immer verbunden, immer füreinander bestimmt. In jedem Leben haben wir einander gefunden. Es ist, als hätten die Sterne selbst uns verbunden – ein Band, das niemals zerreißt, ungeachtet der Finsternis, die uns umgibt.“

Neferet schloss ihre Augen, als Tränen langsam ihre Wangen hinunterliefen. Sie fühlte die tiefe Wahrheit seiner Worte in jedem Hauch ihres Seins. „Ich weiß es jetzt, Kha“, flüsterte sie, ihre Stimme zitternd vor tiefen Gefühlen.

„Schon damals, in den stillen Augenblicken meiner Kindheit, wusste ich, dass es dich gibt. Nicht nur als Traum, sondern als Gewissheit. Unsere Seelen sind Reisende, die immer wieder denselben Weg finden – durch Zeit und Raum, durch Licht und Dunkelheit. Es gab niemals ein Leben, in dem wir nicht zueinander gefunden haben und es wird auch niemals eines geben.“

Kha lächelte, seine Augen glänzten ebenso voller Gefühl. „Nichts kann uns trennen. Kein Fluch, kein Tod, keine Götter. Wir sind zwei Hälften derselben Seele – eine Einheit, die das Schicksal in zwei Körper geteilt hat, nur um uns immer wieder zusammenzuführen. Diese Wahrheit ist ewig, unvergänglich und stärker als Zeit und Tod.“

Neferet nickte und in diesem Augenblick spürten sie beide die Macht ihrer Liebe – eine Macht, die stärker war als jede weltliche Verpflichtung, als jeder Schwur und jede Furcht. Wie oft sie auch voneinander getrennt wurden, sie wussten mit aller Gewissheit, dass sie immer den Weg zueinander finden würden – ein Schicksal, das über alle Zeiten hinweg bestehen würde.

Die beiden saßen am Rande der schattigen Oase, das kühle Wasser glitzerte unter der Sonne, die wie eine ewige Wächterin über ihnen thronte.

Kha war es, der zuerst die Stille brach. „Neferet, was denkst du? Sollten wir nicht weiterziehen?" Seine Stimme war leise, beinahe zögerlich, als würde er selbst an seinen Worten zweifeln.

Neferet blickte in die Ferne, wo die Dünen am Horizont verschwammen und die endlose Wüste einen gnadenlosen Schleier bildete. „Wohin sollten wir gehen? Hier haben wir alles, was wir brauchen. Freiheit, Sicherheit ... ein Leben, das uns niemand vorschreibt. Es ist, als hätte die Welt uns diesen Ort geschenkt."

Kha zog die Knie an und starrte ins glitzernde Wasser. „Aber wie lange?" Er seufzte schwer, seine Worte schienen in der Luft zu hängen. „Wenn der Pharao uns sucht – und das wird er – wird er nicht ruhen, bis er jede Oase durchsucht hat. Seine Macht reicht weiter, als wir uns vorstellen können."

Neferet ließ ihren Blick über die Palmen wandern, deren Blätter im leichten Wind raschelten. „Ich habe auch darüber nachgedacht. Dein Heimatdorf wäre das erste Ziel. Dort würde er suchen. Wir können nicht zurück, Kha. Nicht dorthin. Es wäre unser Ende."

Er schloss die Augen, als würde er innerlich die Möglichkeiten abwägen. „Die Wüste ... sie ist unbarmherzig.

Selbst wenn wir es wollten, könnten wir nicht genug Wasser mitnehmen. Der Weg wäre eine Qual und unser sicherer Tod."

Neferet griff nach seiner Hand, ihre Finger verschränkten sich mit seinen. Sie hielt ihn fest, als wollte sie ihm Mut zusprechen. „Dann bleiben wir. Für jetzt und vielleicht länger. Die Oase ist unser Zufluchtsort, unser Versteck vor einer Welt, die uns nicht verstehen kann. Hier sind wir frei, Kha. Frei, zu leben und zu lieben."

Kha drehte sich zu ihr, seine Augen suchten die ihren, voller Dankbarkeit und einem Hauch von Schmerz. „Vielleicht ist das unsere Bestimmung – hier, in der Stille dieser Oase, ein neues Leben anzufangen. Aber ich wünschte ... ich wünschte, wir könnten mehr Zeit haben. Mehr als nur diesen Augenblick."

Neferet neigte sich zu ihm, ihre Stirn berührte sanft die seine. „Wir werden mehr Zeit haben, Kha. Wenn nicht in diesem Leben, dann im nächsten. Ich spüre es. Unsere Seelen gehören zusammen, über diese Zeit hinaus, über den Tod hinaus."

Die Worte schienen wie ein Versprechen, das sich tief in ihre Herzen grub. Sie sprachen noch lange, ihre Stimmen wurden eins mit dem leisen Rauschen der Palmenblätter im Wind. Als die Nacht hereinbrach, entschieden sie sich endgültig.

„Wir bleiben", sagte Kha schließlich, seine Stimme fest und ruhig. „Für dieses Leben ist die Oase unser Zuhause. Und im nächsten Leben ... werden wir uns wiederfinden. Dann werden wir ein Leben führen, das so lang ist wie die Sterne am Himmel."

Neferet lächelte, ihre Augen glänzten in der Dunkelheit.
„Ja, Kha. Ein Leben ohne Grenzen. Doch bis dahin gehört
dieser Ort uns.“

# XXXIX

## EWIGE SEELEN

Doch während die Tage zu Wochen und die Wochen zu Monaten wurden, spürten Kha und Neferet, dass ihre Zeit begrenzt war. Die Oase bot ihnen zwar Schutz, doch die Wüste, gnadenlos und unnachgiebig, forderte ihren Preis.

Die Nächte wurden kälter, die Tage endloser und der schwindende Vorrat an Nahrung zerrte an ihren Kräften. Neferet, die immer stark gewesen war, fühlte wie ihre Kräfte mit jedem Tag nachließen und auch Kha spürte die Last der unbarmherzigen Natur. Doch anstatt zu verzweifeln, fanden sie Trost in der Liebe, die sie verband. Sie hatten die Freiheit gefunden, nach der sie gesucht hatten und sie hatten sie gemeinsam gefunden.

Eines Abends pflanzten Kha und Neferet gemeinsam den Ableger einer jungen Dattelpalme, ein Symbol für ihre unsterbliche Liebe. „Dies wird unser Vermächtnis sein", sagte Kha mit fester Stimme. „Etwas, das von uns bleibt, wenn unsere Körper gehen."

Neferet legte ihre Hände auf die zarten Blätter und flüsterte: „Möge diese Palme unsere Liebe tragen, für alle Zeit." Ihre Hände ruhten gemeinsam auf der jungen Palme, während die letzten Sonnenstrahlen des Tages den Himmel in goldene Töne tauchten.

Eines Abends, als die Sonne langsam hinter den Dünen verschwand und den Himmel in warme, goldene Töne tauchte, saßen sie am Ufer des Wassers. Neferet lehnte sich an Kha, ihr Kopf ruhte auf seiner Schulter. Ihre Hände waren ineinander verschlungen, das sanfte Plätschern des Teiches war wie ein leises Lied, das von ihrer ewigen Verbindung erzählte.

„Kha", flüsterte Neferet, ihre Stimme kaum mehr als ein Hauch. „Ich bin so dankbar, dass wir diese Zeit miteinander hatten. In dieser Oase, fernab von allem, habe ich das gefunden, wonach ich mein Leben lang gesucht habe."

Kha schloss die Augen und drückte ihre Hand. „Du bist mein Leben, Neferet. Solange wir zusammen sind, haben wir alles."

Die Nacht senkte sich über die Wüste und die ersten Sterne erschienen am Himmel. Kha hob sanft Neferets Gesicht und sah tief in ihre Augen, die im sanften Sternenlicht schimmerten.

Ohne ein Wort zueinander zu sagen, fanden sich ihre Lippen in einem letzten innigen Kuss. Es war ein Kuss voller Abschied und Hoffnung zugleich, ein Kuss, der die Ewigkeit überdauerte.

Als sie sich voneinander lösten, schien es, als hätte das gesamte Weltall stillgestanden. Kha zog Neferet näher an sich, seine Wangen berührten ihre Stirn. „Unsere Seelen sind eins. Nichts wird uns trennen, nicht jetzt und nicht in Ewigkeit."

Die Wüste lauschte, der Wind flüsterte durch die Palmen und die Dunkelheit hüllte sie ein. Es war, als würde selbst die Zeit innehalten, um Zeuge ihrer Liebe zu sein. In dieser Nacht schliefen sie Seite an Seite ein, ihre Herzen vereint, ihre Seelen wie Sterne, die ihren Weg durch die Ewigkeit suchten. Es war kein Ende, sondern ein neuer Anfang – eine Reise jenseits von Zeit und Tod.

Doch bevor die Nacht sie ganz umfing, tauschten sie letzte Worte aus, die wie ein Schwur klangen. „Wenn ich die Sterne sehe, Neferet", flüsterte Kha, „dann weiß ich, dass wir für immer verbunden sind. Jeder Stern ist ein Teil unserer Geschichte."

Neferet hob ihre Hand und berührte sanft seine Wange. „Und wenn der Wind weht, wird er deine Worte tragen. Ich werde sie in meinem Herzen hören, wo auch immer ich sein mag."

Sie schwiegen, doch ihre Herzen sprachen. Die Oase wurde still, als ob sie Ehrfurcht vor diesem besonderen Augenblick zeigte. Der Teich spiegelte die Sterne und die junge Dattelpalme bewegte sich leicht im Wind, als ob sie die Liebe spürte, die sie hatte wachsen lassen.

Die Nacht wurde kälter und die Kühle kroch über die Wüste, doch Kha und Neferet blieben eng umschlungen. Ihr Atem wurde ruhiger und ihre Augen schlossen sich, während der Schlaf sie wie ein sanftes Versprechen umhüllte.

Die Welt um sie verblasste, doch es gab keine Zweifel, keinen Schmerz, nur eine tiefe, allumfassende Ruhe. Es war, als würde der Himmel selbst innehalten, um Zeuge ihrer Liebe zu sein.

Kha spürte, wie Neferets Hand in seiner verweilte und flüsterte ein letztes Mal: „Ich werde dich finden, Neferet. In jeder Welt, in jeder Zeit."

Ihre Seelen glitten sanft aus dieser Welt, wie der Wind, der die Sterne berührt. Doch sie gingen nicht allein – sie gingen vereint, frei von allen Fesseln, die sie je gehalten hatten und getragen von einem Schwur, der jenseits von Zeit und Tod bestehen würde.

Ihr Vermächtnis lebte weiter, in der Palme, im Wind, im Licht der Sterne. Es war kein Abschied, sondern der Beginn einer neuen Reise, die ihre Liebe für alle Ewigkeit bewahren würde.

# XL

## DAS VERMÄCHTNIS DER SEELEN

Nebamun hatte an der Öffnung zum geheimen Gang gewartet, während Sethek und seine Männer hineingegangen waren. Nach einiger Zeit hörte er das ohrenbetäubende Grollen des einstürzenden Ganges und die Todesschreie der Wachen. Die Erde bebte unter seinen Füßen und eine dichte Staubwolke stieg aus dem Eingang auf. Die Stille, die darauf folgte, war bedrückend, durchbrochen nur von Nebamuns schweren Atemzügen.

Er wusste, dass etwas Schreckliches geschehen war. Ohne zu zögern, rief er einen zweiten Suchtrupp zusammen, um die Lage zu überprüfen. Als die Männer nach kurzer Zeit zuruckkehrten, waren sie von Staub bedeckt, ihre Gesichter ernst und gezeichnet von der Anstrengung. Amennachti, ein besonnener und erfahrener Hauptmann und Anführer des zweiten Suchtrupps, trat vor und verneigte sich tief vor Nebamun.

„Herr", begann er mit belegter Stimme, „der geheime Gang ist vollständig eingestürzt. Wir konnten keinen anderen Weg öffnen und der erste Suchtrupp wurde unter den Trümmern begraben. Es gibt keine Überlebenden. Sethek und seine Männer sind verloren."

Nebamun spürte einen kalten Stich in seinem Inneren, doch sein Gesicht blieb regungslos. „Ihr habt gute Arbeit geleistet", sagte er knapp. „Geht und erholt euch. Ich werde dem Pharao Bericht erstatten."

Kurz darauf trat Nebamun in den Thronsaal, wo der Pharao in seiner vollen Pracht auf ihn wartete. Nebamun verneigte sich tief und wartete, bis er sprechen durfte. „Mein Herr", begann er, „der geheime Gang ist eingestürzt und der Suchtrupp unter Setheks Führung wurde verschüttet. Es gibt keine Überlebenden. Doch Neferet ist weiterhin verschwunden."

Der Pharao runzelte die Stirn, seine Augen funkelten vor Zorn. „Neferet darf nicht entkommen. Sie ist eine Gefahr für die Ordnung und die Götter selbst. Schickt einen neuen Suchtrupp, der die Wüste absucht. Beginnt in Khas Heimatstadt und lasst keine Oase unberührt. Ich dulde keinen weiteren Fehlschlag, Nebamun."

„Es soll geschehen, wie Ihr befiehlt, mein Herr", antwortete Nebamun, verneigte sich erneut und machte sich an die Vorbereitung des Suchtrupps.

Dieser wurde von Amennachti angeführt, der einst unter Antef, Neferets Vater, im Krieg gedient hatte. Antefs Führung hatte ihn geprägt und er fühlte bis heute eine tiefe innere Verbundenheit und Hochachtung für den Feldherrn.

Diese Verbindung machte Neferet für ihn mehr als nur eine Hohepriesterin. Sie war die Tochter des Mannes, dem er sein Leben und seine Aufrichtigkeit verdankte. Amennachti war jedoch nicht nur Soldat, er war auch ein heimlicher Verbündeter von Merit, der alten Dienerin, die Neferet geholfen hatte.

Amennachti kannte die Wüste wie kaum ein anderer. Er verstand ihre Launen, ihre verborgenen Gefahren und er wusste, dass Geduld und Umsicht der Schlüssel zum Überleben waren.

Zunächst begann die Reise des Suchtrupps in Khas Heimatstadt. Dort suchten sie trotz gründlicher Nachforschungen vergeblich nach Kha und Neferet. Die Wachen befragten die Einwohner, durchsuchten die Häuser und Ställe und suchten nach verborgenen Verstecken, doch die Suche blieb erfolglos.

Danach führte Amennachti den Suchtrupp zum Eingang der Höhle. Die Männer wagten sich soweit es möglich war in die zusammengestürzte Höhle. Sie durchsuchten die noch vorhandenen Gänge und Hohlräume, aber sie fanden keine Spuren.

Amennachti wusste, dass jeder Tag der vergeblichen Suche Neferet wertvolle Zeit verschaffte. Sein Zögern war kein Zufall – es war ein Akt des stillen Widerstands, eine Möglichkeit, Neferet wertvolle Zeit zu verschaffen, die sie so dringend brauchte.

Er gab den Befehl, die Oasen abzusuchen und so zog der Trupp monatelang durch die endlosen Weiten der Wüste.

Schließlich erreichten sie eine abgelegene Oase, die von hohen Palmen und drei Teichen geprägt war. Doch als sie eintrafen, fanden sie dort keine Lebenden. Stattdessen stießen sie auf ein erschütterndes Bild. Neben einer kleinen Dattelpalme lagen Kha und Neferet eng umschlungen, ihre Gesichter friedlich, als hätten sie im Tod den Frieden gefunden, den das Leben ihnen verweigert hatte.

Amennachti trat näher, sein Herz schwer. Die anderen Wachen hielten ehrfürchtig Abstand, während er das Bild betrachtete. Er kniete sich nieder und entdeckte, dass Kha und Neferet jeweils ein Anch um den Hals trugen. Vorsichtig und darauf bedacht, dass niemand es bemerkte, nahm er die beiden Anhänger an sich und verbarg sie unter seinem Gewand. Diese Symbole ihrer Liebe sollten weiterleben, auch wenn ihre Träger es nicht mehr taten.

„Sie sind tot", sagte er schließlich und wandte sich an die Wachen. „Wir werden sie hier begraben. Es ist der Wille der Götter, dass sie in der Wüste ruhen. Bereitet die Gräber vor."

Die Männer begannen, mit einfachen Werkzeugen eine Ruhestätte zu schaffen. Kha und Neferet wurden nebeneinander begraben, ihre Hände ineinander verschlungen, unter dem Schatten der kleinen Dattelpalme, die sie selbst noch gepflanzt hatten. Amennachti stand eine Weile schweigend über den Gräbern, bevor er schließlich befahl, die Arbeit zu beenden und den Rückweg anzutreten.

Amennachti und seine Männer kehrten nach Theben zurück, erschöpft von den Strapazen der monatelangen Suche und gezeichnet von dem Anblick, der sie in der Oase erwartet hatte. Sein Herz war schwer, doch seine Pflichten ließen ihm keinen Raum für eigene Gefühle. Kaum angekommen, begab er sich zu Nebamun, um Bericht zu erstatten.

Nebamun saß in seinem Arbeitsraum, umgeben von Schriftrollen und Berichten, die die Sorgen und Pflichten seines Amtes widerspiegelten. Als Amennachti eintrat und sich tief verneigte, sah Nebamun ihn mit einem durchdringenden Blick an. „Sprecht, Hauptmann. Was habt ihr gefunden?"

„Herr", begann Amennachti, seine Stimme ruhig, aber mit einem Hauch von Trauer, „wir haben Kha und Neferet gefunden. Sie waren in einer abgelegenen Oase – tot, eng umschlungen, als hätten sie im Tod den Frieden gefunden, den das Leben ihnen verweigert hat. Wir haben sie an Ort und Stelle begraben, wie es der Wille der Götter schien. Ihre Hände blieben im Tod miteinander verbunden."

Nebamun nickte langsam, seine Stirn in tiefen Falten. „Eine solche Liebe … und doch ein Ende, das sie nicht verdient haben." Seine Stimme wurde leiser, fast wie ein Flüstern. „Ich werde den Pharao und Dagi unterrichten. Du kannst gehen, Amennachti."

Amennachti verneigte sich erneut und verließ den Raum. Nebamun blieb nachdenklich sitzen, dann erhob er sich, um den Pharao und Dagi um eine Unterredung zu bitten. Ein Bote wurde ausgesandt, um seine Bitte zu überbringen. Wenig später wurde Nebamun vom Pharao und von Dagi im Thronsaal erwartet. Nebamun trat ein und verbeugte sich tief.

„Hemef, Tjati, die Suche nach Neferet hat ein Ende gefunden. Sie und der Steinmetz Kha wurden in einer abgelegenen Oase gefunden, beide tot. Sie hatten sich im Tode eng umschlungen. Ihre Gräber wurden dort geschaffen, wie es der Wille der Götter gebot."

Dagis Augen funkelten vor einer Mischung aus Triumph und Grimm. „So endet also diese Geschichte", sagte er mit einem Hauch von Zufriedenheit in seiner Stimme.

„Eine Gefahr weniger für die Maat und die Ordnung unseres Reiches."

Der Pharao hingegen blieb still. Seine Miene war von einer tiefen Schwermut gezeichnet und seine Augen blickten in die Ferne, als würde er nach Antworten suchen, die jenseits der sterblichen Welt lagen.

„Neferet war einst die Verkörperung der Reinheit und des Glaubens" sagte er nach einer langen Pause. „Und doch endet ihr Leben in der Wüste, fern von den Göttern, denen sie einst diente. Ihr Tod ist ein Verlust, der nicht nur die Ordnung berührt, sondern auch unsere Menschlichkeit."

Dagi verschränkte die Arme vor der Brust, sein Blick hart. „Ihr Verrat war unentschuldbar, mein Herr. Die Götter haben sie gerichtet, nicht wir."

Der Pharao schüttelte langsam den Kopf. „Vielleicht. Aber selbst die Götter weinen manchmal über das, was notwendig ist. Lasst uns ihre Geschichte vergessen, denn sie bringt nur Schmerz und Zweifel. Doch lasst uns nicht vergessen, dass auch wir nur Menschen sind, gefangen in den Entscheidungen, die unser Amt von uns verlangt."

Die Stille, die folgte, war schwer und erdrückend. Dagi und Nebamun verneigten sich tief, während der Pharao aufstand und mit langsamen, nachdenklichen Schritten den Saal verließ.

In der Dämmerung von Theben blieb das Echo dieser tragischen Geschichte übrig als eine stumme Erinnerung an die Unbarmherzigkeit der Zeit und die Unvollkommenheit selbst der mächtigsten Menschen.

Nachdem die Nachricht vom Tod von Kha und Neferet den Pharao erreicht hatte, zog er sich in seine Gemächer zurück. Die Schwermut, die ihn umgab, war nicht zu übersehen. In der Stille dieser Stunden wuchs in ihm der Wunsch, dass diese tragische Geschichte doch nicht in Vergessenheit geraten dürfe. Sie war mehr als ein Schicksal zweier Liebender – sie war ein Spiegel der Menschlichkeit, des Verlusts und der unendlichen Kraft der Liebe.

Am nächsten Tag rief er den Schreiber Ptah zu sich, einen Mann, der für seine Klugheit und sein unfehlbares Gedächtnis bekannt war. Ptah verneigte sich tief vor dem Pharao, während dieser mit ernstem Blick sprach.

„Ptah, es gibt eine Geschichte, die bewahrt werden muss. Die Geschichte von Kha und Neferet, ihrer Liebe und ihrem Opfer. Diese beiden Seelen, so unbedeutend sie der Welt erscheinen mögen, tragen eine Botschaft, die die Zeiten überdauern muss. Schreibe sie nieder, auf Tontafeln, die für die Ewigkeit geschaffen sind. Lass keinen Teil ihrer Reise, ihres Leidens und ihrer Liebe aus. Ihre Namen sollen nicht nur in den Sand der Wüste geschrieben sein, sondern in das Gedächtnis aller Menschen.“

Ptah hob den Kopf, seine Augen voller Ehrfurcht. „Hemef, es soll geschehen, wie Ihr es befiehlt. Ich werde jedes Wort, jeden Augenblick mit der Sorgfalt und Hingabe festhalten, die dieser Geschichte gebührt.“

„Gut“, antwortete der Pharao, sein Blick in die Ferne gerichtet, als würde er die verlorenen Seelen von Kha und Neferet selbst sehen. „Ihre Liebe soll ein Zeichen sein – ein Vermächtnis für jene, die nach uns kommen. Denn in ihrem Schicksal liegt eine Wahrheit, die größer ist als die Gesetze der Götter und Menschen.“

Ptah verneigte sich erneut, tief berührt von der Bedeutung seiner Aufgabe und machte sich daran, die Geschichte zu verewigen. Mit jedem Schlag seines Griffels auf den Ton hielt er nicht nur die Worte fest, sondern auch die unsterbliche Kraft einer Liebe, die selbst die Ewigkeit überdauern sollte.

Die beiden Anch, die Amennachti an sich genommen hatte, sollten später ihre eigenen Wege finden – Symbole einer Liebe, die trotz aller Widrigkeiten über die Zeit hinaus Bestand hatte.

# EPILOG

Die Schlacht von Alesia war vorüber und die einst mächtigen Mauern der gallischen Festung lagen in Trümmern. Unter den Gefangenen, die sich Caesars Legionen ergeben hatten, war eine junge Frau von außergewöhnlicher Ausstrahlung. Ihre Haltung war trotz der Niederlage aufrecht, ihr Blick stolz und unerschütterlich. Sie war die Tochter des geschlagenen gallischen Fürsten Vercingetorix, nun eine Gefangene im Lager der Römer.

Marcus Valerius Turbatus, ein junger aufstrebender Militärtribun, ließ seinen Blick über das Geschehen gleiten, während seine Gedanken zwischen Pflicht und einer unerklärlichen inneren Unruhe schwankten. Die Siege, die er mit Caesars Legionen errungen hatte, erfüllten ihn nicht mit Stolz, sondern mit einer seltsamen Leere und Unruhe, die er sich nicht erklären konnte.

Um seinen Hals hing ein goldenes Anch, ein Relikt, das er in Rom von einem geheimnisvollen Händler aus Ägypten erworben hatte. Es war ihm mehr als ein Schmuckstück – ein stilles Echo einer unbegreifbaren Wahrheit, die tief in ihm verborgen war.

Als seine Augen auf die junge Frau fielen, hielt er inne. Etwas in ihrem Blick ließ die Welt um ihn verstummen. Es war nicht nur ihre Anmut oder ihre Kraft, sondern eine Vertrautheit, die ihn bis in die Tiefe seiner Seele erschütterte. Sein Blick wanderte zu ihrem Hals, wo ein Anch aus schwarzem Onyx an einem Lederband hing. Das Symbol schien im Licht der untergehenden Sonne aufzuleuchten, als ob es ihn rufen wollte.

„Wer ist sie?" fragte Marcus, seine Stimme rau vor unterdrückten Gefühlen.

„Adiega, die Tochter von Vercingetorix", antwortete ein Centurio. „Eine Trophäe, wie alle anderen. Caesar wird sie in seinem Triumphzug in Rom mitführen und danach als Sklavin verkaufen."

Doch für Marcus war sie keine Trophäe und keine Sklavin. Sie war das, wonach er sein ganzes Leben gesucht hatte, ohne es zu wissen. Als sich ihre Augen trafen, durchzuckte ihn eine Erkenntnis, die er nicht in Worte fassen konnte. Er wusste nur, dass dies kein Zufall war. Ihre Seelen hatten sich erneut gefunden, in einer anderen Zeit, an einem anderen Ort und ihre Geschichte war noch nicht zu Ende.

# DANKSAGUNG

Für die unzähligen wertvollen Anregungen und Hinweise danke ich vielmals meiner Lektorin Nathalie Leo, Konstanz.

Für die Vermittlung des Lektorats und weitere Unterstützung danke ich vielmals Carola Wilbert von studi-lektor.de, Hamburg.

Thomas Anhut, Berlin
Januar 2025

Der Verfasser lebt in Berlin und arbeitet als Dozent für Betriebswirtschaftslehre. Das Schreiben von Geschichten entdeckte er spät für sich – als kreativen Ausgleich zum Berufsalltag.

Mit seinen Erzählungen möchte er die Leser zugleich unterhalten und zum Nachdenken anregen.